LA DAME

DE

SAINT-BRIS

CHRONIQUES

Du Temps de la Ligue.

1587

PAR M. MORTONVAL,

AUTEUR DE FRAY EUGÉNIO,

DU TARTUFE MODERNE, DU COMTE DE VILLAMAYOR, etc.

TOME SECOND.

PARIS.

AMBROISE DUPONT ET Cie, LIBRAIRES,

RUE VIVIENNE, No 16.

1827.

LA DAME

DE

SAINT-BRIS.

TOME II.

55332

IMPRIMERIE ET FONDERIE DE J. PINARD,
RUE D'ANJOU-DAUPHINE, N° 8.

LA DAME
DE
SAINT-BRIS

CHRONIQUES

Du temps de la Ligue, 1587.

PAR

M. MORTONVAL.

TOME SECOND.

PARIS.

AMBROISE DUPONT ET CIE, LIBRAIRES,

RUE VIVIENNE, N° 16.

1827.

LA DAME

DE

SAINT-BRIS.

CHAPITRE PREMIER.

LE PRISONNIER.

Tandis que tout se disposait pour son départ, d'Allègre monta rapidement à la chambre des demoiselles, où il s'assura qu'elles n'étaient pas encore de retour. Courant alors à l'endroit où, peu d'instans auparavant, il veillait sur elles, au pied de la tour, avant que le général ne l'eût fait appeler, il apprit, des arquebusiers placés en embuscade, qu'on n'avait entendu, vers la prairie, aucun bruit qui fût l'indice du moindre mouvement de ce côté. Le sergent qui commandait ce poste était un ancien militaire digne de sa confiance; il le chargea de descendre avec quelques hommes jusqu'au bord de la Charente, de questionner les piquiers de garde au moulin, de visiter toute la prairie, surtout la cabane de Nicolas Rieul, et d'en ramener les jeunes filles si elles y étaient encore.

D'Allègre ne pouvait s'expliquer l'évasion du roi de Navarre. Il entrevoyait bien que les demoiselles avaient dû prendre part au stratagème; mais le dépit de voir tournée contre lui la ruse qu'il avait mise en jeu, l'occupait alors beaucoup moins que la crainte d'être, par là, compromis aux yeux de Mayenne dont la colère venait de se montrer si redoutable. Il rentrait donc à la tour plein de ces pénibles idées, quand il reçut l'avis qu'on s'était emparé d'un officier, pris en combattant avec les reitres aux avant-postes, par delà le bois de Tonnay.

Les renseignemens que lui donna le cavalier, porteur de cette nouvelle, ne lui permirent pas de douter que le prisonnier ne fût l'un des officiers du roi de Navarre ; le signalement indiquait évidemment que ce n'était pas ce prince lui-même ; mais d'Allègre restait dans le doute si c'était Duhallot ou Philippe de Rieux. Impatient d'être éclairci, et se rappelant que Sacremore les connaissait tous deux, il envoya sur-le-champ quelques uns de ses arquebusiers avec l'ordre de hâter la marche du prisonnier, et de l'introduire immédiatement dans la grande salle, où il se hâta de se rendre. Le blessé était toujours étendu sur son banc; le prieur des génovéfains, assis près de lui, l'exhortait à la patience et au courage; et de l'autre côté, Rabastains, tenant la main de Sacremore, le regardait avec compassion.

D'Allègre, à qui son anxiété ne permettait aucun repos, se promenait à grands pas, cherchant à fixer ses idées sur le meilleur moyen à employer pour obtenir, sans paraître attacher trop de prix à cette découverte, que Sacremore lui révélât le véritable nom du prisonnier. Rabastains, à la vue de l'extrême agitation de Cristophe, se rapprocha de lui pour l'interroger et savoir des nouvelles. A peine fut-il éloigné du banc, que Sacremore se tournant vers le religieux lui dit très bas avec un regard effrayant : Tu m'as trahi, chien de moine!

—Sur mon salut éternel, je n'ai rien dit capitaine, répondit le prieur en se penchant sur lui comme pour lui donner les consolations de la religion. Mais vous, grand pécheur, Dieu puisse-t-il vous pardonner le crime que vous avez médité en ordonnant à ces deux bandits de m'assassiner.....

—Tu as parlé, je le sais. Cristophe et Rabastains m'ont fait des questions qui prouvent qu'ils sont instruits.

— Ce n'est pas moi, capitaine, Dieu m'entend! vous avez eu tort de soupçonner ma discrétion, et cent fois plus tort encore de tenter de vous en assurer par un si grand crime; mais enfin le ciel m'a protégé, et je vous répète que je vous pardonne, ainsi mourez en paix......

—Je ne veux pas mourir.....

—Eh bien, vivez donc sans crainte, car tout va bien. Je viens de comprendre à quelques mots de d'Allègre que le roi de Navarre s'est évadé de Saint-Bris à la faveur d'une ruse de guerre. Vous avez maintenant toutes les raisons du monde de vous décider promptement.

—S'il en est ainsi, que Dieu te bénisse, bon religieux; je serai bientôt vengé.

—Ne doutez pas de la nouvelle, capitaine, et fiez-vous à moi pour ce qui reste à faire.

—Il le faut bien, répondit Sacremore, en jurant tous les saints; puisque ce damné d'Allègre éloigne tout le monde de moi, et ne me laisse que toi seul dont je puisse me servir; car, quel fonds peut-on faire sur ce vieux fou de Rabastains? Écoute-moi donc; mais prends garde, vois-tu, car, que je vive ou que je meure, tu payerais cher ta trahison : mes mesures sont prises; j'ai parlé à mon lieutenant....

—N'ayez aucune appréhension, Sacremore ; au point où nous en sommes, que risquez-vous de plus en vous ouvrant entièrement à moi ?

— Allons, tout coup vaille ! reprit Sacremore, et le temps est précieux. Écoute donc, bon prieur. L'évasion du roi de Navarre change tout ; prends ceci, continua-t-il, en tirant un anneau de son doigt ; tu reconnaîtras facilement mes douze enseignes plantées près de la tour ; demande Joannes mon lieutenant ; tu lui présenteras cette bague, il te conduira dans la tente du colonel des lanciers albanais, et tu lui diras de ma part de faire avertir le mestre-de-camp des reitres campés à cent pas de mes gens. Alors tu leur communiqueras la nouvelle que tu viens de me donner, en les avertissant, en mon nom, qu'il est temps d'agir ; ils sauront ce que cela signifie : ensuite tu viendras me faire part de leur réponse, et prendre mes derniers ordres ; va promptement.

Rabastains, dont les soupçons étaient éveillés par ce qu'il avait entendu de l'entretien de Sacremore avec son lieutenant, observait d'un œil attentif ses moindres mouvemens ; tout en paraissant très occupé de la conversation de Cristophe, il avait vu la remise de la bague. S'échappant donc doucement à la suite du religieux, il le rejoignit auprès du camp des arquebusiers de d'Allègre. Arrivé là, il saisit le génovéfain par la main : Monsieur le prieur, mon ancien ami, lui dit-il, ne me ferez-vous pas le plaisir d'entrer un moment avec moi sous la tente du lieutenant de notre gentil Cristophe, où j'ai à vous entretenir d'un objet qui vous touche.

Le génovéfain, troublé à cette invitation inattendue, se laissa conduire sans répondre un seul mot. Il tremblait de tout son corps, et s'efforçait vainement de retirer sa main : Dites-moi, mon père, lui demanda Rabastains en la lui ouvrant malgré sa résistance ; je crois avoir remarqué tout à l'heure au doigt de Sacremore ce joyau que vous portez maintenant : vous m'obligeriez fort de me le montrer, continua-t-il en le prenant.

La langue du prieur, enchaînée par la terreur, se refusait à lui fournir quelques paroles qu'il essayait d'articuler. — Ah ! bon religieux, reprit Rabastains ; ainsi donc cette prétendue querelle avec l'ami Sacremore n'était qu'une comédie ! Vous y avez, tête-dieu ! fort bien joué votre rôle, mon révérend ; quoi ! cette vénérable soutane blanche ne cachait donc en effet qu'un espion justiciable du prévot de la connétablie ?

— Grâce ! seigneur de Rabastains, dit le prieur à mains jointes, grâce au nom de notre ancienne amitié !

Vous ne voudrez pas charger à jamais votre conscience du meurtre d'un prêtre?

— Non certainement, répondit Rabastains; non, si je trouve mon compte à l'épargner; il faut donc, mon vénérable, pour vous tranquilliser tout-à-fait, que vous me fassiez, dans le plus grand détail, un aveu franc et net de toute l'intrigue où vous êtes mêlé.

Tandis que Rabastains écoutait avec beaucoup d'attention les révélations du prieur, d'Allègre séchait d'impatience dans la grande salle de la tour. Il craignait le réveil du général qui s'indignerait sans doute de son retard à poursuivre le roi de Navarre, il tremblait que Sacremore n'expirât avant l'arrivée du prisonnier; d'un autre côté, les arquebusiers envoyés au bas de la prairie ne reparaissaient pas. Mais enfin, après une longue attente, averti que les demoiselles étaient de retour et qu'elles remontaient dans leur chambre, il les fit appeler et entrer sur-le-champ dans la salle, afin qu'elles s'y trouvassent à l'arrivée du prisonnier. Il comptait sur l'effet de cette rencontre inopinée, espérant que la surprise leur arracherait quelque cri soudain, et trahirait ainsi le secret qu'il brûlait de connaître Mais, oubliant à leur aspect ses projets de dissimulation, et entraîné par la violence de son caractère, il courut au devant d'elles, les yeux enflammés de courroux: Parlez, mesdemoiselles, leur dit-il d'un ton à les faire trembler, parlez; que s'est-il passé?

—Eh! tête-dieu! répondit pour elles Rabastains qui rentrait au même instant; que diable veux-tu que sachent ces enfans? Es-tu fou, mon gentil Cristophe, de les faire descendre à pareille heure, et dans ce lieu?

—En effet, ajouta Marguerite, à qui ce secours inespéré rendit tout à coup l'assurance, je voudrais bien savoir quel droit monsieur le capitaine d'Allègre a sur nous? et puisque c'est sans votre aveu, monsieur de Rabastains, que l'on a osé nous faire venir ici, votre nièce et moi, obligez-nous de nous reconduire dans notre chambre.

—Oui, venez, mes enfans, dit Rabastains; elles ont raison, Cristophe, ce n'est pas ici leur place.

Henriette, effrayée, accablée de fatigue, s'était assise toute tremblante. En vain Marguerite et son oncle l'invitaient à se lever et à les suivre: elle n'en avait pas la force. D'Allègre, s'approchant alors de Marguerite, lui dit rapidement et fort bas: Vous ne me refuserez pas sans doute une explication, quand vous saurez que l'un des officiers évadés par votre secours, vient d'être arrêté aux avant-postes, et qu'on l'amène ici prisonnier.

— Sainte Vierge ! s'écria Marguerite ; dites-vous la vérité, monsieur ?

— Si vous n'êtes pas trop impatiente de remonter dans votre chambre, reprit d'Allègre avec moins de précaution, vous allez le voir vous-même.

— Quoi voir ? demanda Rabastains étonné de cet étrange dialogue ; tout est-il donc mystère et conspiration dans cette tour ? Tête-dieu ! qu'y a-t-il entre toi et ces enfans, Cristophe ?

— Souffrez, monsieur, lui répondit Marguerite dans une angoisse inexprimable, permettez que nous restions ici quelques momens encore... Henriette ne peut faire un pas, et moi.... je me sens près de m'évanouir.

— En vérité, mademoiselle, observa d'Allègre avec un sourire qui la fit frissonner, je ne conçois pas la cause de votre anxiété. Je vous ai fait connaître mes dispositions à l'égard de cet officier, elles sont toujours les mêmes...

Il n'eut pas le temps d'achever, on introduisait le prisonnier : Ah! monsieur Duhallot, lui dit très haut d'Allègre, approchez, voici votre sœur...

— Ce n'est pas là Duhallot, mon capitaine, dit le sergent des arquebusiers qui venait de ramener les demoiselles.

— Qui te l'a dit, Julien? demanda brusquement d'Allègre transporté de colère.

— Je connais bien le capitaine Duhallot, répliqua le sergent, je l'ai vu la nuit de l'incendie : il a le visage noir, une longue barbe et d'énormes moustaches ; c'est lui qui...

— Va-t-en au diable, interrompit d'Allègre, et maudit sois-tu! Que tout le monde sorte, excepté la garde du prisonnier... Votre nom, mon gentilhomme, lui demanda-t-il durement, et prenez garde de mentir; car, par la corps-dieu! si vous faites une fausse déclaration, je vous envoie arquebuser tout à l'heure comme un espion...

Chacun retenait son souffle; l'horreur et l'effroi se peignaient sur la figure des jeunes filles; le prisonnier seul paraissait calme: Avant de satisfaire à cette question, monsieur, répondit-il, ne me refusez pas la grâce de me dire si je suis le seul prisonnier tombé, cette nuit, entre les mains de vos gens.

— Le seul, lui dit d'Allègre.

— En ce cas, monsieur, je n'ai plus de regret à vous dire...

— Il est blessé! s'écria Henriette.

— Blessé! répéta Marguerite, en retrouvant des forces pour courir à lui... Taisez-vous, lui dit-elle tout bas; taisez-vous, ou vous êtes mort.

— C'est son fiancé, disait très haut pendant ce temps-là Henriette dans une agitation convulsive; c'est monsieur Philippe de Rieux son fiancé, et non pas son frère. Je l'ai vu cent fois à la grille du couvent de Niort... C'est son fiancé, c'est monsieur de Rieux...

— Il est facile d'éclaircir la chose, reprit d'Allègre hors de lui, et prenant par la main l'officier qu'il entraîna auprès du banc où gisait Sacremore: Capitaine, lui dit-il, vous connaissez monsieur Duhallot que voici...

— Cristophe, mon ami, répondit tristement Rabastains, ne l'interroge pas. Sacremore ne rendra plus de témoignage sur la terre; tout est fini pour le pauvre garçon.

— Il est mort! cria d'Allègre.

— Mort, répliqua Rabastains très ému.

— Mort ! répéta Mayenne sortant de son cabinet. Pourquoi ces cris qui troublent mon sommeil ? Voilà bien du fracas ! Qui donc est mort ?

— Tête-dieu ! répondit Rabastains indigné ; ne le savez-vous pas bien, vous qui l'avez tué ?

— Mon vieux compagnon, repartit Mayenne d'une voix forte et animée ; tu me parles bien haut ! n'as-tu pas vu que Sacremore a tiré l'épée contre moi, son bienfaiteur, son général ? qu'il a poussé l'insolence jusqu'à s'égaler à un prince lorrain, et à toucher à la renommée d'une demoiselle de ma maison. Saint-Mégrin a déjà payé de sa vie un outrage semblable (*a*) ; et, par la double croix de Lorraine ! pareil sort attend quiconque osera m'affronter désormais, ou s'attaquer aux miens.

A ce langage plein d'une fierté imposante, à ce ton résolu que Mayenne, toujours indécis pour agir, savait parfois si bien affecter en parlant à ses inférieurs, tout reprit devant lui l'attitude du respect; un profond silence régna tout à coup dans cette salle, où peu d'instans auparavant s'agitaient, à grand bruit, tant de passions opposées.

— Qu'est ceci? demanda-t-il en apercevant les demoiselles et Duhallot; pourquoi des femmes ici? quel est cet officier?

— Général, répondit Rabastains, vous voyez ma nièce; et cet officier est monsieur Philippe de Rieux, le fiancé de cette autre demoiselle également placée sous ma protection.

— Philippe de Rieux!...je connais ce nom-là. Il n'est pas de mon armée?

— C'est mon prisonnier, répondit vivement d'Allègre, et j'ai lieu de croire...

— Ton prisonnier? interrompit

Mayenne ; s'est-on battu pendant mon sommeil?

—Général, reprit d'Allègre en s'approchant et parlant à voix basse, le roi de Navarre s'est évadé de Saint-Bris...

— Malédiction! murmura Mayenne en pâlissant; Matignon aura fait son marché, et le traître lui a livré passage. Où le Béarnais a-t-il été vu?

— De ce côté de la Charente, vers le bois de Tounay.

— Et depuis quand la nouvelle en est-elle connue?

— Mais... depuis une demi-heure environ.

— Et que diable fais-tu donc ici? demanda Mayenne en élevant la voix, et dans un violent accès de colère. Pourquoi ne m'avoir pas éveillé? pourquoi n'es-tu pas déjà sur ses traces? pars sur-le-champ avec cent lanciers, et prends la route de Saint-Jean-d'Angély: c'est là qu'il se rend, je ne puis en douter. Pars, vole, tu pourras peut-être l'atteindre encore....

D'Allègre, désespéré d'être forcé de s'éloigner dans ce moment, voulut opposer quelques raisons : Par la croix de Lorraine! exécute d'abord cet ordre, interrompit Mayenne furieux, c'est le soin qui presse le plus; va, tu me répondras sur ta tête du succès de cette expédition.

D'Allègre sortit, la rage dans le cœur. Duhallot était profondément percé de coups d'épée et de lance; ses douleurs, qu'il avait supportées jusque-là sans se plaindre, l'emportèrent à la fin sur son courage; il venait de perdre connaissance, quand Mayenne, après avoir entraîné d'Allègre jusqu'à la porte de la salle, retourna sur ses pas pour interroger le prisonnier. Aux cris des demoiselles effrayées, il s'approcha, et s'étant assuré que le jeune homme était hors d'état de lui répondre, il chargea Rabastains de le faire transporter dans une des salles supérieures de la tour, et de veiller à ce qu'on eût grand soin de lui : Ne manque pas, ajouta-t-il, de venir m'avertir aussitôt qu'il pourra m'entendre ; je veux le questionner moi-même.

Marguerite respira enfin. Henriette ravie de joie se jeta dans ses bras en remerciant le ciel de cette heureuse délivrance; les sanglots entrecoupaient sa voix. Mais bientôt, réprimant ces transports qui fixaient l'attention de Rabastains étonné, elle ne songea plus qu'à aider sa compagne à rappeler à la vie le blessé qui ne tarda pas à reprendre ses sens. Deux soldats vigoureux le soulevèrent alors dans leurs bras, et le portant avec précaution, allèrent le déposer au troisième étage de la tour, sur un lit que le chirurgien venait de faire préparer pour le capitaine Sacremore.

CHAPITRE II.

LES DÉFECTIONS.

Le général de la sainte-union croyait avoir solidement raffermi sa puissance, depuis qu'il avait pris l'attitude et la parole hautaine d'un maître absolu. Mais sa faiblesse habituelle avait trop favorisé jusqu'alors la tendance générale qui entraînait à la révolte cette multitude de chefs entreprenans et factieux réunis sous ses ordres, et dont la plupart, avec le simple titre de capitaine, commandaient des corps nombreux et redoutables. Leurs soldats ne connaissaient qu'eux et les suivaient aveuglément partout, soit que le caprice les guidât sous la bannière d'un autre général du même parti, ou que la corruption les attirât dans le camp ennemi.

Jeté par le hasard dans l'armée de la ligue, au milieu de ce mouvement, Rabastains, le plus mobile des hommes, se laissait emporter par le courant, et s'était aussi, contre son naturel, monté au ton de la mutinerie. Maître des secrets de Sacremore par les révélations du prieur, possesseur d'un signe de reconnaissance convenu entre ce rebelle et les commandans de deux autres corps, le vieillard s'était cru capable de succéder à l'autorité d'un jeune capitaine, distingué surtout par son caractère énergique et sa rare intrépidité; Rabastains allait même jusqu'à se juger habile à conduire à leur accomplissement les vastes desseins au milieu desquels la mort venait de surprendre le terrible Sacremore.

Hélas! quelques paroles de Mayenne

venaient d'abattre ces fumées d'orgueil et d'ambition. En effet, le bon homme n'en avait jamais éprouvé que des velléités. Sa jeunesse s'était écoulée sous un ordre de choses fortement établi, quoique troublé par intervalles; les positions n'avaient alors presque rien de variable. Au contraire, à l'époque singulière où il se lançait de nouveau dans la carrière, chargé d'années dont le poids le condamnait à n'y plus reparaître avec honneur, l'audace, l'exaltation vraie ou simulée d'un fanatisme ardent, un attentat heureux, de grands crimes étaient devenus autant de titres aux premières charges de l'état, à l'opulence, au commandement des armées. Le seul avantage d'une beauté remarquable suffisait pour élever un simple gentilhomme au-dessus des premiers pairs de France; et la royauté elle-même, déchue avec le monarque avili, n'étonnait plus l'ambition du vulgaire des princes.

Homme d'un autre siècle, le seigneur de Rabastains était donc une anomalie remarquable au milieu de la partie active d'une nouvelle génération dont il ne comprenait ni le caractère, ni les passions, dont les idées et les mœurs lui demeuraient complètement étrangères. Aussi quelques momens de réflexion le ramenèrent-ils à considérer sous un jour effrayant sa position de conspirateur et de chef de parti. Cependant, essayant de se rassurer, il repassa dans son esprit tous les moyens que la capricieuse fortune venait de mettre à sa disposition pour représenter un grand rôle. Il voulut même essayer le jeu des ressorts qu'il avait en main, et se plaçant un moment, en imagination, au centre du mouvement qu'il allait produire, il s'interrogea sérieusement sur ce qu'il convenait de faire. Mais le pauvre Rabastains se travaillait en vain; il se promenait à grands pas, comme si l'agitation de son corps dût exciter le mouvement de ses pensées : tout aussi peu; aucun effort ne pouvait obtenir de son imagination refroidie quelque combinaison brillante, un résultat heureux, un dénouement probable à l'intrigue mal ourdie qu'il enfantait avec douleur.

A la fin, fatigué de ce honteux avortement, le seigneur de Rabastains conclut avec lui-même qu'il serait plus sage, peut-être même plus profitable d'aller trouver Mayenne, de lui tout avouer ingénument, et de tirer ainsi son enjeu d'une partie trop hasardeuse. En conséquence, tout soulagé de s'être, après tant de pénibles hésitations, arrêté à une idée satisfaisante, il descendit dans la grande salle, un peu avant le jour.

Rabastains trouva le général entouré de secrétaires, et lisant une lettre qu'il venait de dicter. Mécontent de lui-même, Mayenne la déchira en frappant du pied, et en jeta les morceaux dans le feu près d'expirer au fond de l'immense foyer : Maudit soit mille fois Sacremore! murmura-t-il entre ses dents. Le fat entendait du moins fort bien cette besogne qui me rompt la tête... Ah! c'est toi, mon brave, reprit-il d'une voix élevée en faisant quelques pas au devant de Rabastains avec pesanteur; eh bien?....

— Le prisonnier repose, général; je viens.....

— Il s'agit bien de cela, interrompit brusquement Mayenne. Matignon est parti... Le traître retourne à Bordeaux; il emmène avec lui la moitié de mes arquebusiers à cheval et mille hommes de pied dont il a séduit les chefs.

— Je n'en suis point surpris, observa Rabastains d'un air capable. Matignon aura été informé à propos du grand événement.

— De l'évasion du Béarnais? Eh! sans doute; c'est moi qui lui en ai mandé la nouvelle.

— Je vous parle du grand événement, reprit Rabastains avec un air de mystère; du grand événement, continua-t-il en appuyant sur chaque syllabe.

— De quoi? Que veux-tu dire? demanda le général étonné.

Rabastains, s'approchant de l'oreille de Mayenne, lui dit très bas: Vous savez que le prince de Condé est arrivé d'Angleterre à la Rochelle, hier à la pointe du jour, avec des troupes nombreuses?

— Je n'en sais rien du tout, répondit Mayenne fort troublé. Et d'où diable te vient ce renseignement?... Sortez, vous autres, commanda-t-il durement aux secrétaires.

Aussitôt que cet ordre fut exécuté, Mayenne questionna Rabastains avec empressement sur la source de l'étrange avis qu'il lui donnait: J'étais averti de ce projet, continua-t-il sans attendre la réponse, mais nous avions de bonnes raisons pour croire que l'exécution en serait encore longtemps retardée, et même qu'elle manquerait absolument. Elisabeth avait prêté l'oreille à nos propositions.

—Tout est fini de ce côté, reprit Rabastains en continuant à parler à voix très basse, quoiqu'il fût seul avec le général, et afin de donner plus d'importance à ce qu'il avait encore à dire. Tout est fini, répéta-t-il avec un soupir, Elisabeth a rompu pour jamais, et par un acte éclatant, avec la maison de Lorraine.... Marie Stuart, l'auguste parente des Guises....

—Eh bien?

—Eh bien! sa tête vient enfin de

tomber sous la hache d'un bourreau...

— Quoi! dit Mayenne pâlissant. C'en est donc fait? Bellièvre a échoué dans sa négociation?

— Bellièvre est de retour à Paris, où, de concert avec la reine-mère et le duc de Nevers, il vous prépare en ce moment des embarras que vous étiez loin de prévoir.

— Allons, tu rêves, et toutes tes nouvelles sont autant de contes. La reine-mère est pour nous; elle abhorre le roi de Navarre et tous les Bourbons...

— La reine-mère est pour elle seule; elle ne songe qu'à ses intérêts, et abhorre tous ceux qui les traversent, sans distinction de parti.....; du reste, une grande et noble princesse que je vénère comme je dois. Mais, que diriez-vous, je vous prie, si, à l'instant où je vous parle, elle se disposait à partir de Paris avec ses deux conseil-seillers, pour venir s'aboucher, au château de Champigny sur la Loire, avec.....

—Avec moi?

—Non, avec le roi de Navarre....

—Rabastains! dit Mayenne en le regardant de travers, l'événement de cette nuit a troublé ta raison affaiblie par la vieillesse..... Si tu n'avais cette excuse à mes yeux.....

—Duc de Mayenne! répondit Rabastains avec hauteur, votre père me traitait avec plus de considération; et quand je vous aurai montré des preuves irrécusables de ce que j'avance, vous rougirez d'avoir douté de la parole d'un gentilhomme.

—Des preuves! que veux-tu faire entendre? Si la moitié de ce que tu viens de me conter avait l'ombre de fondement, mon frère de Guise ne m'en aurait-il pas informé sur-le-champ?

— Le duc de Guise, Monsieur, a commis la haute imprudence de se tenir éloigné de la cour dans ces circonstances critiques ; il est resté à la tête de son armée en Champagne.

— Je le sais ; mais madame de Nemours ma mère (1), et ma sœur de Montpensier qui sont là.....

— Elles vous ont écrit plusieurs lettres fort détaillées sur tout cela.

— A moi?

— A vous-même ; et votre frère le cardinal aussi : mais leurs courriers ont tous été enlevés, en traversant l'Anjou et le Poitou, par les huguenots qui tiennent la campagne dans ces provinces, et vous coupent les communications avec Paris et le nord, depuis huit à dix jours. Ces lettres, envoyées à la Rochelle, ont été remises au prince de Condé à l'instant de son débarquement. Toutes ses

(1) Anne d'Est, la veuve du duc de Guise assassiné par Poltrot devant Orléans, s'était remariée au duc de Nemours.

mesures étaient prises pour les faire passer au roi de Navarre, avec lequel il a rendez-vous à Saint-Jean-d'Angely ce matin même. Il savait que Henri devait coucher cette nuit à Saint-Bris; et c'est là qu'on lui aurait remis le paquet de vos lettres, sans le blocus que vos troupes et celles de Matignon sont venues établir inopinément autour de ce château.

— En vérité! Rabastains, mon ami, dit Mayenne stupéfait, tu me parais fort bien instruit. Mais ces preuves dont tu me parlais, où sont-elles? Qui diable a vu ces dépêches?

— Moi.

— Railles-tu? par la croix de Lorraine! s'écria Mayenne avec emportement.

— Je ne raille jamais, répliqua Rabastains d'un ton grave, en tirant des papiers de la gibecière suspendue au ceinturon de son épée. Tenez, voici ces lettres ; lisez-les, et rendez-moi justice.

Mayenne les parcourut à la hâte ; la pâleur et le feu de la colère se succédaient rapidement sur son visage où se peignait une anxiété croissante à mesure qu'il avançait dans cette lecture : Roi lâche ! murmurait-il en lisant... homme double et sans foi !... Femme artificieuse !... toujours la même... opprobre de ton sexe !... Il est trop vrai, Rabastains, continua-t-il en froissant entre ses doigts tremblans le paquet de lettres qu'il mit dans la pochette de son large haut-de-chausses... En effet, voilà de terribles nouvelles... Que ferai-je maintenant ? Quel parti prendre ? Maudit soit Sacremore encore une fois...... Ah ! si du moins d'Allègre était ici !

— Oui ; Cristophe aurait pu peut-être vous aider de quelques bons avis, dit avec dépit le vieillard choqué du peu de cas que le général semblait faire de ses conseils, mais....

— Il ne faut pas compter sans lui, interrompit Mayenne; je me suis encore privé de cet appui, en commandant à d'Allègre de pousser jusqu'à Saint-Jean-d'Angely; cet ordre me le ravit pour un jour entier........ Ah! malheureux Sacremore! s'écria Mayenne exaspéré; ah! funeste colère; maudite précipitation!

— Eh tête-dieu! répliqua Rabastains impatienté, bénissez plutôt votre indignation prompte à vous faire justice: ce Sacremore que je vous vois près de pleurer, il vous trahissait lâchement...

— Tu mens, par la gorge! s'écria Mayenne en fureur; ne calomnie pas sa mémoire. Sacremore était dévoré d'ambition; sa présomption n'avait point de bornes; un orgueil indomptable l'a perdu; mais il m'aimait, il m'était fidèle; je me suis coupé le bras droit; je suis un ingrat, un barbare!

Rabastains, épouvanté de ce transport, au souvenir du coup sous lequel était tombé cet ami tant regretté, contint le juste ressentiment que souleva dans son cœur l'outrage qu'il venait de recevoir : Sacremore vous trahissait, reprit-il avec force après quelques momens. Son projet était de s'emparer, pour son compte, de la personne du roi de Navarre, et de conclure ensuite avec lui son traité particulier; de stipuler, à votre exclusion, les plus grands avantages pour lui-même et pour ses deux alliés, le colonel des Albanais et le mestre-de-camp des reitres, dont les régimens, avec les douze enseignes de Sacremore, forment la garde de votre personne, et devaient être chargés de celle du royal prisonnier. Tout a été arrêté définitivement entre ces trois chefs il y a peu d'heures, aussitôt que Sacremore a été instruit des nouvelles dispositions de la cour à l'égard des princes, et de l'arrivée des secours d'Angleterre. Enfin, un signe de reconnaissance a été convenu; c'est la bague de Sacremore : je connais l'officier porteur de ce gage; il peut, à défaut de lui, se placer à la tête de la conjuration qui mettrait facilement en péril votre liberté, et peut-être vos jours; à présent surtout que la défection d'une partie de vos troupes et l'éloignement de d'Allègre vous livrent à leur merci.

— Il me reste du moins mon courage et mon épée, répondit Mayenne avec fierté; et par la croix de Lorraine, les traîtres n'auront pas bon marché de ma vie.

— Eh! calmez-vous, repartit vivement Rabastains, votre vie est en sûreté puisqu'elle est à ma disposition... Tenez, duc de Mayenne, prenez cette bague; les conjurés ne doivent rien entreprendre si elle ne leur est présentée avant le jour. Prenez, vous dis-je; je me suis honoré du nom de votre ami, ce n'est point par un lâche attentat que je vengerai l'outrage dont vous venez de flétrir mes cheveux blancs. Maintenant, continua-t-il en mettant l'épée à la main, ne dédaignez pas de laver dans le peu de sang qui me reste l'affront de ce cruel démenti qui retentit encore à mon oreille.

— Oui, répondit Mayenne en croisant le fer; oui, je te dois la satisfaction qu'un gentilhomme a le droit d'exiger; mais n'attends pas que je défende mes jours contre toi; perce-moi le sein, Rabastains, ma mort seule peut expier ma faute, et venger ton injure.

— Ainsi vous méprisez ma faiblesse? dit le vieillard humilié.

— Non, repartit Mayenne en baissant son épée; mais j'ouvre les bras à mon ami, à mon ancien compagnon d'armes. Pardonne à l'excès de ma douleur, au trouble de mes sens.

Rabastains, vaincu par ce procédé, prit la main que le duc lui tendait, et la tint quelques momens serrée affectueusement dans la sienne. Achève, lui dit Mayenne, dis-moi tout ce que tu sais; je t'écoute comme mon père. Mais comment cette bague est-elle tombée entre tes mains? Qui t'a révélé les complots de Sacremore et de ces autres misérables que j'avais, ainsi que lui, comblés de bienfaits.

—C'est mon secret, duc de Mayenne, et je n'ajouterai pas un mot de plus, si vous ne me jurez d'abord, foi de gentilhomme, de me laisser seul maître du sort de celui qui m'a tout révélé.

—Je t'en fais le serment.

—Il suffit; je n'hésite plus. Cet homme est le prieur des génovéfains...

—Quoi! celui contre lequel Sacremore affectait une si grande colère?

— Lui-même. Ils étaient allés derrière la tour pour s'entretenir une dernière fois de leurs projets dans l'obscurité, quand d'Allègre qui veillait de ce côté, passant près d'eux inopinément, faillit les découvrir; c'est alors que Sacremore joua cet emportement dont nous avons été les dupes; et que, pour mieux déguiser leur intelligence, il feignît de quereller le religieux au sujet du plateau volé dans je ne sais quelle église, mais point du tout au prieuré de Tonnay. Toutefois Sacremore n'ayant plus besoin du prieur et craignant qu'il ne le compromît, imagina de donner aux deux Albanais chargés d'escorter le religieux, l'ordre de le tuer dans le bois et de lui apporter ses papiers; il leur abandonnait à ce prix l'argent et le plateau. Remarquez les desseins de la Providence, duc de Mayenne; c'est justement cet ordre dont l'exécution a fait découvrir l'évasion du roi de Navarre, et a causé le retour du génovéfain qui m'a remis cette bague....

— Quoi! Sacremore me trahaissait! interrompit Mayenne beaucoup plus occupé de cette idée que des remarques de Rabastains sur les vues de la Providence. Sacremore! répéta-t-il, l'infâme! quelle duplicité! mais j'ai peine à me persuader qu'un religieux fût ainsi l'agent des huguenots!

— Je m'en suis étonné comme vous, reprit Rabastains; cependant j'ai compris, à l'explication du prieur, que l'abbé de Sainte-Geneviève à Paris est l'un des pivots de la faction qu'ils nomment *les politiques*, et dont l'objet est d'opérer la réunion des princes de la maison de Bourbon, qu'ils se flattent de convertir, avec le parti de la cour; ils prétendent que ce rapprochement écrasant la Ligue et les Lorrains, conjurerait l'orage qui, dans leurs idées, menace de bouleverser la monarchie, dans le cas où la mort surprendrait le roi sans héritiers directs.

— Oui, oui, dit Mayenne, ma sœur de Montpensier m'a déjà entretenu des progrès de cette intrigue... Mais Catherine! quelles peuvent être ses vues en lui prêtant son appui?...— Ses vues!... C'est de tout diviser selon les principes de sa politique italienne...

Mayenne se promenait à grands pas dans la salle, agité, profondément occupé de ses pensées, et se parlant à lui-même tout haut. Catherine! se mêler de convertir les Bourbons!... quelle missionnaire, bon Dieu!.. Oui, elle a dessein de donner un contre-poids à notre parti, dont la force croissante commence à l'inquiéter; mais elle a besoin de nous; elle ne peut vouloir nous détruire... Tout cela cache un projet qui n'est pas celui qu'on laisse voir..... il faudrait être là.... Sans doute, cette tentative de conversion assurerait au parti de la cour la masse nombreuse des catholiques de bonne foi; et je vois maintenant comment ces petits religieux de Sainte-Geneviève se trouvent mêlés dans tout ce tripotage... Mais nous avons les jésuites, par la croix de Lorraine! ils nous feront raison de ces prestolets en soutane blanche. En attendant, il faut pourtant prendre une détermination.

— Oui, sans doute, dit Rabastains d'un air résolu, et sur-le-champ : décidez-vous.

— Je ne balance plus, mon vieux compagnon; il faut que tu me rendes un service d'ami véritable.

— Commandez, monsieur de Mayenne.

— Pars donc à l'instant pour Paris, Rabastains, car les letres ne serviraient encore qu'à nous trahir. Il est nécessaire que tu aies un entretien à fond avec madame de Nemours ma mère, et ma sœur de Montpensier; tu verras aussi le cardinal, et quand tu auras conféré avec eux, tu te rendras auprès de mon frère de Guise, en Champagne, et tu me rapporteras le plus promptement possible tout ce dont ils t'auront chargé pour moi... Mais j'y songe, dit Mayenne en s'interrompant; oui, sans doute, il vaut mieux cent fois que je parte moi-même... Partir! au moment où le prince de Condé vient en force au devant de moi!... j'aurais l'air de le fuir... Non, je reste; j'ai encore une armée, et je puis...

Mayenne, indécis sur le parti qu'il convenait de prendre, succombait sous le poids de ses anxiétés, quand un officier, qu'il avait envoyé porter au loin des ordres, entra pour rendre compte de sa mission : Eh bien! lui demanda le général, quelles nouvelles?

— Mauvaises, monsieur le duc; je viens de traverser le quartier du vicomte d'Aubeterre : ses hommes d'armes ont levé leur camp et sont en marche... (*b*)

— Qui a donné cet ordre? interrompit Mayenne furieux. Où vont-ils?

— Monseigneur, reprit l'officier, ceux que j'ai interrogés m'ont répondu que le vicomte a reçu cette nuit des dépêches du maréchal de Biron son parent, qui lui donne avis de son arrivée à Poitiers avec douze cents chevaux et quatre mille hommes de pied.

Eh bien! qu'importe; j'en suis informé, le maréchal vient se joindre à moi.

— Monseigneur, il est certain que le vicomte d'Aubeterre est parti, avec tout son monde, pour se réunir au maréchal de Biron...

— Parti! répéta Mayenne stupéfait; parti! malgré mon commandement exprès! sans venir du moins se concerter avec moi, m'expliquer ses motifs!

— Quant à cela... pardonnez, monseigneur, dit l'officier avec embarras; mais on rapporte que le vicomte a déclaré tout haut... je ne sais si je dois oser...

— Parlez, je le veux.

— Le vicomte, monsieur le duc, a déclaré que le sort du capitaine Sacremore...

— C'est assez, interrompit Mayenne; sortez.

— Le jour commençait à pénétrer à travers les étroites fenêtres de la tour, et sa lumière douteuse mêlée à la clarté mourante d'un petit nombre de bougies éparses au milieu des débris du banquet, jetait une teinte bleuâtre sur la figure décomposée de

Mayenne assis, la tête penchée sur sa poitrine, et plongé dans ses douloureuses réflexions. Rabastains, debout devant lui, demeurait immmobile et les yeux baissés. Après un long silence, Mayenne reprit en soupirant : Eh bien! mon vieux compagnon, je te disais tout à l'heure que j'avais encore une armée! hier je commandais cinq cents hommes d'armes français, huit cents reitres, quatre cents lanciers albanais, cinq mille arquebusiers, tant à pied qu'à cheval; j'avais une artillerie nombreuse, et force munitions. Je fondais sur cet appui les plus grandes espérances... Matignon m'enlève quinze cents arquebusiers, d'Aubeterre fuit avec mille autres, trois cents hommes d'armes et six canons... Tu m'apprends que les reitres et les Albanais vont me quitter; j'étais averti depuis long-temps qu'ils traitaient avec le père de Joyeuse qui commande en

Auvergne, ils vont aller le joindre... Quant aux douze enseignes de Sacremore... Ah! Rabastains, mon pauvre Rabastains, continua Mayenne en portant à son front décoloré ses deux mains, qu'il y tint quelque temps appuyées.

—N'importe! reprit-il en se levant, je crois pouvoir compter encore sur deux cents hommes d'armes, et quelque mille arquebusiers. Je vais me mettre à leur tête, et suivre d'Allègre; j'espère le rencontrer devant Saint-Jean-d'Angely, et là... Eh bien! là, là... je verrai ce qu'il est à propos de faire. Et toi, mon vieux compagnon, continua-t-il les yeux mouillés de pleurs, et toi, Rabastains, resteras-tu du moins fidèle à mon infortune?

Le vieillard attendri se jeta dans les bras de Mayenne, et les deux amis restèrent un moment pressés sur le sein l'un de l'autre: Oui, je compte sur toi, reprit le duc : pars donc aujourd'hui même pour Paris. Le grand objet de ce voyage, c'est de presser les miens de me faire envoyer au plus tôt des troupes nombreuses et sûres ; surtout de s'opposer de toute leur puissance au départ de la reine-mère pour cette entrevue projetée avec le roi de Navarre.

—Il suffit, réponditRabastains; j'en comprends tout le danger pour notre parti, et je vois combien les conséquences en peuvent être fatales. Je me mettrai en route ce matin même; mais il faut auparavant que je dépose en sûreté, dans le château de Saint-Bris, ma nièce et sa jeune compagne. J'y vais faire conduire aussi le prisonnier et le religieux.

—Va donc ; je te laisse pour ta sûreté quelques hommes de d'Allègre; que tu me ramèneras dans la journée, en venant prendre mes dernières instructions, près de Saint-Jean-d'Angely. A ce soir, mon vieux ami.

Mayenne serra de nouveau la main de Rabastains, et sortit de la grande salle, en détournant ses regards du banc où, peu d'heures auparavant, il avait vu Sacremore exhaler le dernier soupir.

CHAPITRE III.

LE BLESSÉ.

Un jour pur et serein succédait à cette nuit orageuse, témoin de tant d'événemens. La tempête avait purifié l'air, qu'embaumaient les parfums du printemps ; et sur les deux rives de la Charente, le fracas de la guerre venait de faire place au calme le plus profond. Tout se ranimait à l'aspect du soleil qui se levait, selon l'expression des poètes, paré de ses rayons de fête. Leur éclat, réfléchi sur le feuillage humide des arbres et des buissons fleuris, y brillait de toutes les couleurs du prisme, tandis que d'épaisses exhalaisons dérobaient encore la vue des prairies; mais bientôt, mollement soulevé par une brise légère de l'est, le voile se déchira peu à peu, et les vapeurs argentées laissèrent à découvert la verdure des gazons; puis, groupées en nuages transparens, on eût dit, à les voir s'élever lentement vers les cieux, qu'elles y portaient l'encens de la terre reconnaissante.

Du haut des remparts de Saint-Bris, la comtesse Diane contemplait ce spectacle, les yeux mouillés des pleurs de la joie, et rendant grâce à Dieu d'avoir écarté loin d'elle les périls qui menaçaient sa liberté, et peut-être sa vie. Les regards de Diane suivaient, du côté de la Guyenne, une troupe d'hommes d'armes dont elle apercevait encore au loin la bannière flottante, et les lances élevées d'où jaillissaient en brillantes étincelles les feux de l'astre du jour. C'était l'élite des guerriers du château qui volaient sur les traces de Matignon, conduits par le jeune et vaillant Péhu de La Mothe, commandant de la garnison; il espérait rencontrer encore et battre l'arrière-garde des ennemis, qui s'étaient retirés la nuit dans le plus grand silence. Péhu, le neveu du dernier comte de Saint-Bris, servait sa belle-tante avec un dévouement sans bornes et une tendresse exaltée, qui tenait de l'adoration. Ce n'avait été qu'à la faveur des premières clartés de l'aurore qu'il s'était aperçu de la retraite de l'armée royale; aussitôt, plein d'ardeur, avide de combats et de gloire, Péhu, malgré les avis, les prières et les commandemens de la dame de Saint-Bris, avait voulu s'élancer à leur poursuite, jurant de venger sur ces lâches fuyards les angoisses de Diane durant cette nuit terrible, de les punir de leurs insolentes menaces, enfin de ne rentrer au château qu'en ramenant de nombreux prisonniers, et chargé de la riche dépouille de ceux qu'il aurait immolés.

Déjà les hommes d'armes gravissaient à l'horizon une dernière colline qui devait bientôt les cacher aux yeux de la comtesse. Elle crut un moment distinguer encore le jeune chef devançant ses braves, et prêt à se précipiter le premier dans les rangs ennemis : Noble cœur ! dit-elle avec une douce émotion, ai-je pu me flatter d'enchaîner ta valeur à la vue de l'ennemi ! va donc ! que Dieu te conduise et te rende bientôt à mes vœux ! Tu le sais, je n'avais pas désiré le riche mariage qui m'assura la possession de ce beau domaine, que sans moi tu posséderais aujourd'hui. Le dépit, le ressentiment, la haine, n'ont pu trouver le moindre accès dans ton ame généreuse. Tu m'aimes comme une sœur ;

ah! j'en ai pour toi tous les sentimens, je t'estime, je te chéris... Reviens, mon pauvre Péhu, tu seras tout-à-fait mon frère. Henriette m'acquittera envers toi; elle t'aimera, tu es digne d'elle; je vous marierai, et tous mes biens seront à vous; je vous les abandonnerai sans regret, avec plaisir... et je serai heureuse de votre bonheur... chers enfans!

Déjà la dame de Saint-Bris ne voyait plus rien, vers les coteaux de la Guyenne, qui pût encore fixer son attention, et pourtant elle continuait à regarder en rêvant. Unie à seize ans au sort d'un époux octogénaire, Diane était veuve, et ne comptait pas tout-à-fait quatre lustres. Le comte, dont elle portait le deuil, avait, l'un des premiers en France, embrassé le protestantisme, moins par zèle pour cette religion, que pour satisfaire à l'esprit d'orgueil et de despotisme dont il était animé, et qu'irritait la moindre opposition à ses volontés absolues. Ce seigneur, au déclin de sa vie, avait commandé au jeune Péhu de La Mothe, petit-fils de sa sœur, d'abjurer la foi de ses pères, à laquelle il tenait par amour et par conviction. C'était à cette condition seule que le vieillard consentait à le nommer héritier de son titre et de ses vastes domaines; mais, quoique dans l'âge le plus tendre, le cœur du noble enfant s'était révolté contre cet ordre tyrannique; il avait refusé, préférant une obscure et pauvre destinée à des grandeurs acquises au prix du honteux sacrifice que son oncle exigeait si durement de lui.

Parvenu à l'adolescence, Péhu ne s'était pas démenti, et le comte, irrité de sa résistance, résolut alors de se marier, de faire choix d'une épouse protestante, et de lui léguer son héritage, afin d'en priver à jamais son neveu. Le choix du seigneur de Saint-Bris tomba sur la jeune Diane de Rabastains, dont le père, ébloui par l'éclat de cette riche alliance, n'hésita pas à la sacrifier à son ambition. Cependant, durant trois longues années, on eût dit qu'elle se faisait un plaisir des tristes devoirs de cet hymen disproportionné. Ses tendres soins prodigués à un mari vieux, cacochyme, et d'un caractère intraitable, contribuèrent à prolonger son existence, et firent du moins le charme de ses derniers jours. Mais enfin il reposait depuis un an, à côté de ses aïeux, dans la chapelle de Saint-Bris. Rien n'avait pu le déterminer à revoir ni à bénir, avant d'expirer, son neveu déshérité; il était resté sourd aux tendres supplications de sa femme, que le malheur de Péhu touchait d'autant plus qu'elle se reprochait d'en être la cause. Aussi, dès que la mort du comte l'eut investie du droit de réparer les torts de la fortune envers cet intéressant jeune homme, Diane le combla de biens sans le connaître, et lui laissa croire qu'en l'enrichissant elle ne faisait qu'accomplir les dernières volontés du mourant.

La guerre civile menaçait à cette époque d'embraser le midi de la France, et déjà tout fermentait dans la province qu'habitait la comtesse. D'Allègre, follement épris de sa beauté, ne convoitait pas moins la seigneurie de Saint-Bris, dont la possession, jointe à celle de ses terres voisines, l'eût rendu le plus puissant et le plus riche des gentilshommes de la contrée. Dans cette position difficile, Diane avait besoin d'un protecteur assez fort pour la défendre, autant contre les ennemis de son parti, que des empressemens d'un amant détesté. Elle fit choix de Péhu dont la brillante valeur et les talens militaires avaient déjà, malgré sa grande jeunesse, acquis quelque célébrité. Diane implora donc son appui; il accourut. Elle lui donna le commandement de ses hommes d'armes, et lui confia les peines que lui causait la recherche de son odieux voisin.

Mais alors de quelles craintes son cœur ne fut-il pas agité, quand elle apprit que d'Allègre et Péhu étaient unis, non seulement par les liens de la plus étroite amitié depuis l'enfance, mais encore par les sermens sacrés, si respectés alors, et qui engageaient pour la vie l'un à l'autre deux chevaliers frères d'armes! Cependant Diane fut bientôt rassurée : Péhu avait conservé dans les camps un caractère de candeur naturel et touchant; on lisait d'abord dans son cœur, et tout ce qu'il disait persuadait à l'instant même ; ses sentimens étaient purs et droits, il les montrait tels qu'il les éprouvait, sans s'occuper de leur effet sur personne; Péhu était l'honneur et la loyauté même. Il témoigna beaucoup de regrets à Diane de la trouver si contraire aux désirs de l'ami qu'il chérissait le plus au monde; d'Allègre lui semblait mériter le bonheur auquel il aspirait. Péhu vanta la bravoure, le caractère loyal, l'ame passionnée de son frère d'armes, et parut ne point douter que la comtesse ne rendît un jour justice à tant de belles qualités; mais il ajouta que, placée désormais sous la protection de son épée, elle le verrait mourir pour sa défense, et que ses ordres, quels qu'ils fussent, allaient devenir l'unique règle de sa conduite à l'égard de d'Allègre.

Ce ne furent ni sermens ni protestations; mais qu'en était-il besoin? il parlait d'un ton si vrai! la franchise de son ame se peignait en traits si naïfs sur son aimable figure ! et toute sa personne respirait un courage si mâle et si imposant ! L'espoir de Diane ne fut pas trompé. D'Allègre connaissait trop bien cet ami dont il était si peu digne, mais qu'il savait du moins apprécier ; à peine fut-il informé de l'arrivée de Péhu au château de Saint-Bris, et de ses résolutions, qu'il désespéra de vaincre un si puissant obstacle. C'est alors qu'il avait abandonné le pays pour se joindre à l'armée de Mayenne.

Ayant d'avoir vu son beau-neveu, Diane n'avait encore éprouvé que les innocentes émotions de la tendresse filiale et fraternelle, un intérêt affectueux pour son vieux mari, de la compassion pour les infortunés ; elle ignorait le reste. Péhu lui fit connaître le charme de l'amitié et de la douce confiance, rien de plus. De son côté, toujours délicieusement ému à la vue de Diane, il admirait, il adorait en elle un modèle accompli de vertu, de beauté, de grâce inimitable, et même de courage; car l'ame de Diane avait un caractère d'énergie remarquable. Enfin tous deux se croyaient parfaitement heureux l'un par l'autre, et pourtant leurs cœurs inquiets désiraient autre chose; ils aspiraient à un bonheur tout différent; ils n'aimaient pas encore. Péhu avait bien été troublé quelquefois par les atteintes de l'amour; mais plein de fierté, il affectait de mépriser cette passion, et se vantait de conserver toujours la force de la vaincre.

Diane, au contraire, en éprouvait le tourment vague et secret, sans le comprendre : elle avait revêtu ses habits de veuve, avec l'idée qu'elle ne devait plus jamais les quitter; non que ce fût un engagement pris avec elle-même, ni envers personne au monde, mais c'était une des convenances de la société d'alors, et l'austère Diane les respectait toutes sans réflexion : celle-là n'avait pas plus d'importance à ses yeux que les autres, il lui suffisait que ce fût un usage adopté généralement. Elle ne songeait donc nullement à former les nœuds d'un second mariage, et aucun homme ne s'était encore offert à ses regards sous l'aspect séduisant qui devait, en allumant dans son sein les feux d'un premier amour, la conduire naturellement à concevoir cette pensée.

Cependant cette ame ardente cherchait partout où se prendre, et tournait en passion ses innocens attachemens. Le récit d'une belle action la touchait jusqu'aux larmes; elle était vivement émue de la reconnaissance des infortunés, objets de ses bienfaits, du zèle de ses serviteurs; les guerriers blessés, pour sa défense étaient soignés par elle, souvent pansés de ses propres mains; elle accueillait avec enthousiasme les amis de sa cause, les braves du roi de Navarre, son héros. Avec quel plaisir, la veille encore, elle avait exercé l'hospitalité envers les trois officiers qui lui avaient présenté une lettre de ce prince, dont elle connaissait la signature, ayant eu quelquefois à faire exécuter des ordres émanés de lui. Combien elle savait de gré à Péhu de la franche amitié qu'il leur avait témoignée sans les connaître; car la lettre de Henri, qu'elle avait déposée avec respect dans le trésor du château, l'informait que, la mission de ces officiers étant son secret, ils ne devaient être interrogés ni sur leurs noms, ni sur leurs qualités; et malgré ce mystère, Péhu leur avait fait, pour lui plaire, une réception si cordiale! Comme il s'était employé à faciliter leur évasion! ce bon, cet aimable Péhu!

Ces mots familiers à la belle veuve, et qu'elle aimait à répéter, elle les prononçait ce matin-là d'un ton plus pénétré, avec un accent plus tendre qu'à l'ordinaire. Qu'elle était loin cependant de soupçonner la cause de cette exaltation subite d'une amitié si calme, si égale jusqu'alors! Mais le soir précédent, elle avait remarqué la bonne grâce, le langage élégant, les manières nobles de l'un de ses hôtes inconnus; peut-être ne l'avait-elle distingué que parce que lui-même avait paru vivement frappé de sa beauté et de son esprit, qu'il avait loués avec une délicatesse toute particulière; elle l'ignorait, seulement elle convenait que les louanges, dont la fadeur lui avait toujours paru insupportable, n'étaient pas sans agrément, adressées d'un air si vrai par ce beau chevalier. Péhu lui-même semblait avoir abjuré, en faveur de cet étranger, la froide réserve et la fierté habituelle de son caractère ; il paraissait charmé de cette nouvelle connaissance ; c'était pour lui seul qu'il tremblait en songeant aux dangers de l'entreprise où tous les trois se trouvaient engagés ; c'était de lui seul que Péhu l'avait entretenue après leur départ, et même une partie de la nuit. La comtesse ne se rappelait pas qu'elle avait, involontairement il est vrai, écartée tout autre sujet de conversation ; mais enfin elle aimait davantage à présent son ami Péhu, à cause de la conformité de ses sentimens avec les siens à l'égard de ce noble serviteur du roi de Navarre ; de ce brave guerrier dont la valeur et les hauts faits avaient été célébrés avec enthousiasme en son absence, par le plus âgé de ses compagnons, qui parlait si bien de combats et de gloire.

Diane songeait à tout cela en suivant encore des yeux la trace de Péhu et de ses hommes d'armes, quoique, depuis quelques momens, ils eussent tout-à-fait disparu derrière la colline qu'elle apercevait au point le plus éloigné de l'horizon. À la fin, pourtant, tirée de sa rêverie par une autre inquiétude, elle tourna ses pas du côté opposé des remparts, et vint se placer auprès d'un créneau d'où elle observait un peu auparavant la tour du beffroi, en se demandant avec crainte si sa sœur et Rabastains avaient suivi le mouvement de retraite des ligueurs, s'ils étaient en sûreté.

Elle s'occupait de ces tristes pensées, quand, le long du bois, au bord de la prairie, elle aperçut un groupe nombreux qui descendait des ruines du château d'Allègre, en s'avançant à pas comptés vers la Charente. Bientôt Diane distingua plusieurs femmes, le genovéfain, et la taille élevée de Rabastains avec son allure originale. Plus de doute : c'était sa sœur et son oncle; elle descendit légèrement les degrés du donjon. Au pied des remparts, une poterne, dont l'entrée était défendue par des ouvrages formidables, ouvrait une communication directe avec la rivière; et, au dessus, une vedette arrondie en forme de nid d'hirondelle, et percée de meurtrières, permettait de reconnaître sans danger ceux qui se présentaient, en demandant qu'on abaissât pour eux le pont-levis. Diane, établie dans ce nouvel observatoire, découvrit le meunier Nicolas Rieul retirant de l'eau sa barque enfoncée depuis la veille, et la disposant pour le passage des amis qu'elle attendait.

Bientôt elle les aperçut plus distinctement, et put les compter; mais de quel saisissement douloureux son cœur ne fut-il pas pressé, quand elle vit, au milieu de tout ce monde, un guerrier mourant que l'on portait avec de grandes précautions!

Mon dieu! s'écria-t-elle, le pauvre homme! c'est peut-être un père de famille! affreuse guerre civile, qui ne laisse personne en paix chez soi! Qui sait si ce n'est pas quelque vieillard? car ce sont les plus forcenés ligueurs... N'importe, il est blessé... le malheureux! je le soignerai moi-même; je le rendrai à la santé, à la vie, et il retournera dans sa maison retrouver ses enfans....

Cependant la barque, où l'on avait déposé le blessé sur un lit épais de manteaux et de couvertures, s'était enfin détachée de l'autre rive, et s'approchait rapidement de Saint-Bris. A mesure que Diane discernait mieux les objets, ses émotions prenaient un nouveau degré de vivacité : Du moins ce n'est pas un vieillard, disait-elle;

mais qu'il a l'air souffrant! oui, c'est un jeune gentilhomme..... Oh Dieu! me tromperais-je!.. c'est bien lui, je le reconnais; je n'en puis plus douter: c'est ce chevalier si courtois, si bon, dont Péhu lui-même admirait les nobles sentimens..... Pauvre jeune homme! que sera-t-il arrivé? Qu'on prépare pour lui la meilleure chambre du château!

La comtesse était allée au devant de son oncle et d'Henriette jusqu'à l'entrée de la poterne; ils furent bientôt dans ses bras. Après les premiers instans d'épanchement, Rabastains appela sur le blessé l'attention de sa nièce, et le lui présenta sous le nom de monsieur Philippe de Rieux. A ces mots, Marguerite, rappelée à elle-même, quitta tout à coup son rôle de sœur. La tête de Duhallot reposait sur son sein, elle l'abandonna aux soins du prieur, et suivant Henriette qui venait de la prendre par la main, elle alla saluer la comtesse, dont elle reçut l'accueil le plus amical; puis on ne s'occupa plus que du blessé.

CHAPITRE IV.

L'ÉMEUTE.

Le père Labarre, prieur des genovéfains de Tonnay, élevé chez les frères de la Charité, était un habile chirurgien. C'était à la faveur de ce talent très renommé dans la province, qu'il s'était depuis long-temps ouvert les portes de Saint-Bris, dont la garnison, toute composée de huguenots, montrait la plus grande aversion pour sa robe de moine. Mais depuis l'arrivée de Péhu avec quelques serviteurs catholiques, le crédit du Père Labarre avait sensiblement augmenté, et la comtesse le voyait de bon œil. Le prieur avait mis à profit ses fréquentes visites au château, pour établir, par cette voie, des relations avec le parti du roi de Navarre, et servir les projets de l'abbé de Sainte-Geneviève dont il était l'agent le plus habile, et surtout le plus actif.

C'était le Père Labarre qui servait d'intermédiaire entre les huguenots de Guyenne et ceux de La Rochelle, depuis que les ligueurs occupaient la Saintonge et le pays d'Aunis. Sa qualité de religieux, en éloignant tous les soupçons des catholiques, favorisait les mouvemens de l'intrigue qu'il servait. Il était donc allé porter à Nérac, à la cour du roi de Navarre, l'avis du prochain débarquement du prince de Condé, et avait eu plusieurs entretiens à ce sujet avec Duhallot. Averti par cet officier de son projet de traverser bientôt l'Angoumois pour se rendre à La Rochelle, le genovéfain s'était chargé de lui assurer un gîte au château de Saint-Bris, mais en lui conseillant de s'y présenter sous un autre nom, car le sien y était proscrit depuis les excès qu'il avait commis dans la vallée de la Charente.

Duhallot avoua qu'en exécution des ordres de son chef, il avait commandé la destruction du château de d'Allègre peu de jours auparavant, moins pour le punir de sa défection, qu'afin d'enlever l'appui de cette forteresse aux troupes de la ligue qui s'avançaient alors de ce côté; mais il protesta au prieur qu'il était tout-à-fait innocent des cruautés exercées dans la contrée, la nuit des Rois, époque précise de son arrivée à Saint-Jean-d'Angely avec les troupes qu'il était chargé d'y conduire. Le Père Labarre parut persuadé de la sincérité de Duhallot, mais il n'en insista pas moins sur la nécessité de traverser

Saint-Bris sans se faire connaître. Dans l'état d'exaspération où se trouvaient les esprits, surtout celui de Péhu qui avait embrassé avec ardeur le parti de son ami d'Allègre, et s'était uni à ses sermens de vengeance, une explication pouvait être funeste, ou du moins produire un éclat qui compromettrait le secret de la mission qu'il devait remplir. Ces considérations, soumises au roi de Navarre, l'avaient donc décidé à garder le plus profond incognito.

Après cette dernière entrevue, le prieur, retourné à La Rochelle, en revint porteur des dépêches adressées de Paris à Mayenne, et interceptées par les huguenots. Il s'était chargé de les porter à Saint-Bris, et de les communiquer au roi de Navarre, dont la marche et les projets pouvaient être modifiés par ces nouvelles. C'est alors qu'il était tombé au milieu des troupes de la Ligue, et le blocus rapide du château de Saint-Bris l'avait empêché d'accomplir ce dessein. Il s'était donc borné à se mettre en relation avec Sacremore; mais il ignorait les événemens de la veille au château, et ce qui s'était passé depuis une semaine à l'armée des huguenots. Il importait aussi que Duhallot fût instruit de la saisie des lettres du prince de Condé, que Rabastains avait livrées à Mayenne. Le Père Labarre prétexta donc le besoin de sonder et de visiter à loisir les blessures de l'officier, afin d'avoir l'occasion de l'entretenir en particulier; et il s'enferma seul avec lui dans sa chambre.

Les dames descendirent dans la grande salle du château; et Rabastains, après avoir recommandé à la comtesse de faire hâter le déjeuner, se retira de son côté chez lui pour s'occuper des apprêts de son voyage. Le pillage de ses hardes et les renseignemens que lui donnèrent les domestiques l'eurent bientôt éclairé sur une partie des moyens employés pour l'évasion du roi de Navarre ; curieux d'en apprendre davantage, il fit venir le meunier Nicolas Rieul, afin de l'interroger sur la part qu'il avait prise à cette ruse de guerre. Déjà la Ligue et les princes lorrains étaient fort déchus dans l'esprit du seigneur de Rabastains ; la dispersion de l'armée de Mayenne, et les dispositions nouvelles de la cour à l'égard des huguenots, venaient de donner à ses idées un cours tout différent : aussi maître Nicolas, qui s'attendait à recevoir une vive algarade du maréchal de camp des troupes de la Sainte-Union, fut-il tout surpris de l'accueil amical que lui fit en riant le joyeux commensal du château de Saint-Bris, son ancien protecteur. Il le trouva tout content d'avoir, sans trop savoir encore comment, contribué à l'évasion du premier prince du sang, du vaillant Henri de Navarre, près de rentrer en grâce auprès du grand roi Henri III, et d'aller conférer sur les intérêts du royaume et de l'État, avec cette noble et illustre reine-mère, la lumière et l'honneur du conseil. Rabastains voulut donc que le meunier lui racontât toute cette aventure dans le plus grand détail, et il en notait, en l'écoutant, les moindres circonstances, dont il se proposait de réjouir la cour, pour laquelle il brûlait d'être déjà parti.

Cependant Diane, privée de la plus grande partie de ses serviteurs, qui avaient suivi Péhu, veillait elle-même à tout disposer, afin de faire à ses hôtes une réception plus honorable, tandis que les deux demoiselles attendaient avec anxiété dans la salle l'arrêt du père Labarre. Il ne tarda pas beaucoup à paraître, et les rassura d'abord sur la vie du blessé qui ne courait aucun danger. Elles reçurent cette assurance avec des cris de joie; mais le prieur se hâta de leur imposer silence. Duhallot l'avait chargé d'une communication importante, et qui demandait du secret.

Informé, leur dit-il, des dispositions peu favorables de la comtesse à son égard, surtout de celles de Péhu, le frère d'armes de d'Allègre, Emmanuel, jugeait convenable de profiter de l'erreur générale où l'on était à Saint-Bris au sujet de son nom véritable, et suppliait sa sœur et Henriette de laisser croire qu'il était en effet Philippe de Rieux. Du reste, il se proposait de quitter dès le lendemain le château, et les priait de donner des ordres afin qu'on pût le transporter dans une litière jusqu'à la place la plus prochaine où le roi de Navarre aurait des troupes. La vérité est que Duhallot, dont l'ame était droite et franche, voulait absolument se nommer; mais le prieur, épouvanté des suites de cette indiscrétion, était parvenu à détourner Emmanuel de son projet; et il employa tous les moyens en son pouvoir afin de déterminer les demoiselles à le seconder.

Le genovéfain avait à peine achevé, quand la comtesse entra dans la salle; elle était fort agitée, et vint s'asseoir auprès de Marguerite, dont elle prit la main tremblante aussi bien que la sienne: Mademoiselle, lui dit-elle, je vous aime autant que ma sœur vous chérit; et pour que rien n'altère à l'avenir la douceur de notre intimité, dites-moi, je vous prie, le nom familier qu'on vous donne habituellement....

—En vérité, interrompit Henriette, tes offres d'amitié ressemblent beaucoup à une déclaration de guerre; tu es toute troublée, ton langage est inintelligible, et tu regardes Marguerite d'un air si inquiet!...... Qu'as-tu donc?

— Rien, rien, répliqua Diane. Eh bien, mademoiselle, c'est donc Marguerite qu'on vous nomme? je ne veux pas vous appeler autrement; oui, je vous en supplie, que personne ici ne prononce le nom de Duhallot. Monsieur votre frère a bien des ennemis dans cette maison....

— Madame ! s'écria Marguerite avec effroi.

— Sans doute il n'est pas aussi coupable qu'on l'assure, reprit la comtesse ; les guerres de religion autorisent tant de choses affreuses ! Mais enfin, mademoiselle, ce château est plein de gens dont les familles ont bien souffert de la terrible expédition qui a laissé des souvenirs si douloureux dans tous nos environs.

— Croyez, madame, dit le prieur,

que l'on a calomnié le capitaine Duhallot....

—Oh ! monsieur, interrompit-elle, certainement je le veux croire, mais nous sommes dans des circonstances bien cruelles; il n'est pas facile de faire entendre raison à des soldats toujours prêts à se mutiner. Les miens viennent de m'entourer tout à l'heure, et de me parler un langage si insolent.....

—Oh ciel! s'écrièrent les jeunes filles.

— Non, non, n'ayez pas peur, leur dit la comtesse les yeux en pleurs et toute tremblante elle-même; ce n'est plus rien, tout est calmé. Vos femmes vous avaient nommée, cette imprudence a causé une rumeur.... Mais encore une fois j'ai apaisé ce léger mouvement.... Oh! pourquoi faut-il que mon neveu se soit éloigné dans ce moment!

Tout le sang de Marguerite s'était glacé dans ses veines, et sa pâleur effraya Diane, qui, s'efforçant de paraître tranquille, lui prodigua de nouvelles caresses. Remettez-vous, je vous en conjure, mademoiselle, lui dit-elle ; en vérité, nous n'avons plus rien à craindre, mes hommes d'armes me respectent et me chérissent ; ce ne sont que des paroles. Mais, voyez-vous, ils se sont engagés par de vilains sermens à venger, non pas comme ils le prétendent, l'outrage fait à notre cause et à notre religion par les excès dont nous parlons, mais bien leurs parens, leurs amis et eux-mêmes, pour le tort que la plupart ont souffert personnellement dans ce pillage, où leurs maisons n'ont pas été plus ménagées que celles des catholiques. Il y a beaucoup de haine et de méchanceté dans tout cela; mais que puis-je y faire? Ne parlons donc plus du nom qui réveille ici tant de fureurs : oui, mademoiselle, je vous appellerai Marguerite, ma chère Marguerite, ma sœur ; vous trouverez dans ce château tout l'amour, tout le respect dont vous êtes digne ; et nous ne reviendrons jamais sur ce triste sujet, n'est-il pas vrai ?

Marguerite, touchée de la bonté de Diane, mais trop émue pour lui répondre, n'exprimait sa reconnaissance que par ses regards et des larmes : Eh ! ma sœur, dit Henriette, en les essuyant sur les joues pâles de sa belle compagne, vois comme tu la fais pleurer !

— Eh bien ! qu'elle me pardonne, reprit la comtesse ; ce sera la seule fois, j'espère, que je l'aurai chagrinée. Mais, en vérité, je n'ai pas pu me défendre de l'émotion que m'a causée la colère brutale de ces hommes grossiers ; le malheur est que mon neveu

Péhu, qui ne me quitte jamais, ait voulu courir aujourd'hui après nos ennemis, mais il reviendra bientôt, mademoiselle : il nous protégera ; vous l'aimerez ; c'est un brave chevalier.

— Oui, interrompit Henriette, un beau chevalier ! le frère d'armes de ce méchant monsieur d'Allègre, et qui s'est fait aussi, à cause de cette belle amitié, l'ennemi le plus acharné du capitaine Duhallot. Du moins ce ne sera pas moi qui l'aimerai jamais, ton monsieur Péhu....

Diane, désolée, empêcha Henriette de continuer : Ah ! lui dit-elle, ma sœur, je te supplie d'aimer mon neveu Péhu pour l'amour de moi, comme je chéris déjà Marguerite à cause de la tendresse que tu lui as vouée. Mais tout cela m'a bien détournée du soin de notre pauvre blessé ; comment l'avez-vous trouvé, M. Labarre?

Le prieur allait répondre à cette

question, quand Rabastains, en entrant, se chargea d'y satisfaire. Je viens de le voir, dit-il, décidément il ne court aucun danger de la vie; mais il me paraît que les blessures sont profondes et que la guérison sera longue.

— Cependant, observa le prieur, monsieur Philippe de Rieux est décidé à partir demain.

— Impossible! s'écria Rabastains; ce serait l'exposer à des dangers inévitables: plusieurs de nos compagnies de reîtres viennent de se répandre en partisans dans ces environs; et d'ici à quelques semaines, il n'y fera bon pour personne, de quelque parti que l'on soit: ce sont de vrais brigands. Du reste, la santé de monsieur Philippe ne lui permet pas d'entreprendre encore un voyage. Ne souffrez donc pas qu'il parte, ma nièce, à moins que vous ne veuillez la mort de celui qui vient, au péril de sa vie, de sauver celle de votre héros le roi de Navarre.

L'exclamation de surprise de la comtesse avertit Rabastains que sa nièce ignorait encore la qualité de l'étranger qu'elle avait reçu la veille dans son château. Sa joie fut grande en apprenant que c'était Henri lui-même, et qu'il était en sûreté; mais elle éprouva un sentiment plus délicieux, quand Rabastains lui raconta le combat livré aux avant-postes, et dont les détails venaient de lui être fidèlement rapportés par le meunier. Celui qu'il nommait Philippe de Rieux s'était couvert de gloire; séparé du roi de Navarre par un gros d'ennemis, sous l'effort desquels Henri allait succomber, l'intrépide Philippe, disait Rabastains, s'était précipité sur eux comme un lion, et leur faisant mordre la poussière, il avait dégagé le prince. Les ligueurs surpris des coups terribles que leur portaient alors les deux guerriers réunis, reculèrent épouvantés; mais bientôt, remis de leur premier effroi, ils revenaient plus furieux à la charge, quand un parti de cavalerie légère du prince de Condé, qui rôdait autour du camp, averti par ce bruit d'armes, était accouru, et avait achevé de délivrer le roi de Navarre. C'était dans ce dernier engagement que le brave officier, entraîné par sa bouillante ardeur loin de Henri, était tombé entre les mains des ligueurs, après des prodiges de valeur, objet de l'admiration de ses ennemis eux-mêmes.

Diane ne pouvait se lasser de faire redire à son oncle les moindres particularités de ce combat glorieux, et son enthousiasme élevait jusqu'au ciel la gloire du jeune guerrier : Eh bien! ajouta Rabastains, souffrirez-vous maintenant que ce vaillant gentilhomme quitte votre château avant d'être entièrement rétabli.

— Non, sans doute, non! s'écria Diane, il restera ici, et nous ne le laisserons partir que quand nos soins l'auront rendu à la santé.

— Tête-dieu! reprit Rabastains, songez que vous avez à répondre de cette précieuse vie à un grand roi et à une belle dame.

— A une belle dame! répéta Diane avec un trouble et un serrement de cœur tout nouveaux pour elle.

— Oui, ma nièce, répondit Rabastains; à mademoiselle Duhallot que voici. Elle est la fiancée de monsieur Philippe de Rieux, et sans les malheurs qui ont dernièrement accablé sa maison, ce mariage serait célébré depuis plusieurs mois.

Diane essaya de sourire, mais elle souffrait sans savoir ce qu'elle éprouvait, et ne trouvait pas de paroles pour s'exprimer. De son côté, Marguerite décontenancée baissait les yeux et rougissait. Henriette vint à leur secours en se jetant dans les bras de sa sœur, et en la remerciant de la promesse qu'elle venait de faire de ne pas souffrir l'éloignement de monsieur de Rieux.

Cependant Rabastains s'étant assuré qu'on avait servi le déjeuné, pressa les dames de ne pas attendre un avis plus officiel du maître d'hôtel, qui s'occupait encore du soin fort inutile de symétriser ses plats, au grand détriment de ce beau repas qui commençait à refroidir; il ne fut donc plus question que de se mettre à table. La chère était plus abondante que délicate, et Rabastains fit honneur à tout. Le prieur, n'ayant plus de motifs, un jour de fête, pour refuser de lui faire raison, s'était placé à côté de lui, et ne se montrait pas moins bon convive. Le jeûne et les fatigues de la nuit avaient aiguisé son brillant appétit, et ce ne fut qu'après l'avoir amplement satisfait, qu'il put donner assez d'attention à la toilette de son voisin, pour s'apercevoir qu'il était en habit de voyage.

—Eh quoi! seigneur de Rabastains, lui dit-il, êtes-vous donc déjà disposé à vous remettre en route, malgré les dangers que vous venez de signaler vous-même?

— A l'instant même, monsieur le prieur. Je pars ce matin pour la cour, et mon escorte, que j'ai laissée à la tour du beffroi, va m'attendre sur la route de Saintes. Il faut que je revoie en passant monsieur le duc de Mayenne.

— Comment, monsieur, vous allez déjà nous quitter? demanda la comtesse.

— Je pars pour la cour, répéta Rabastains d'un air d'importance et de satisfaction. Il y a long-temps que je ne me suis montré dans ce pays-là, et tête-dieu! je pense qu'on ne sera pas fâché de m'y revoir.

— Mais vous ne m'aviez pas parlé de ce projet, monsieur, observa la comtesse; vous me laissiez au contraire espérer que vous feriez quelque séjour à Saint-Bris, et j'avais compté sur cette promesse; j'ai à régler avec vous une affaire importante qui concerne Henriette...

— Il faut donc l'ajourner, mon enfant; les affaires, les grandes affaires avant tout.

— Mais, monsieur, je ne vous en connais aucune à la cour!

— Ma chère comtesse, reprit Rabastains d'un ton quelque peu dédaigneux, claquemurés dans vos châteaux forts, tous tant que vous êtes de nobles campagnards huguenots, ligueurs, royalistes, protestans, catholiques, vous êtes à mille lieues de vous douter de ce qui se passe sous vos yeux, et des grands événemens auxquels nous prenons part, nous autres qui vivons au milieu du tourbillon. Qui vous aurait dit hier un mot de la marche du roi de Navarre vous aurait bien étonnée, par exemple : eh bien! nous conduisions cela, ma nièce, et bien d'autres affaires beaucoup plus importantes que celle-là, tête-dieu! Je vais à la cour, ma chère comtesse, il faut absolument que je surveille un peu nos affaires deprès; et vous entendrez bientôt parler de ce voyage.

— Si vous le permettez, dit le prieur, je profiterai de votre escorte, monsieur, pour retourner à mon prieuré.

— Comment! s'écria la comtesse, et vous aussi, monsieur Labarre? ne resterez-vous pas quelques jours auprès de notre blessé?

— Soyez tranquille, madame, répondit le genovéfain : je vais écrire dans sa chambre tout ce qu'il est nécessaire de faire pendant ma courte absence, et je me flatte de trouver sa guérison fort avancée à mon retour.

— Allez donc, lui dit Rabastains, et ne tardez guère ; car je vois dans la cour mes chevaux tout prêts, et j'aperçois là bas sur la grande route mes arquebusiers au rendez-vous que je leur ai assigné.

Le Père Labarre monta sans perdre de temps à la chambre de Duhallot, lui donna rapidement quelques instructions sur la conduite à tenir pour hâter sa guérison; puis il lui confia que le bavardage de Rabastains venait de trahir en partie le secret d'un voyage qu'il allait faire à la cour, probablement pour s'y concerter avec les Lorrains, de la part de Mayenne, au sujet des nouveaux événemens dont cette province était le théâtre. D'après cette découverte, le prieur croyait utile aux intérêts de son parti d'accompagner Rabastains à Paris, afin de pénétrer le fond de cette intrigue, et de mettre à profit les révélations qu'il tirerait sans peine du vieillard, en caressant ses chimères et sa vanité.

Quand le prieur descendit de l'appartement de Duhallot, il trouva les dames sur le perron de la cour d'honneur. Rabastains faisait caracoler gracieusement un des plus beaux chevaux de la comtesse, qu'elle avait ordonné qu'on amenât pour lui; le Père Labarre monta celui d'un des valets qui s'accommoda comme il put sur le mulet des bagages. Enfin, les adieux faits et répétés de part et d'autre, Rabastains, à la tête de sa petite caravane, s'enfonça sous les voûtes basses et tortueuses qui conduisaient jusqu'à la principale porte du château. Dès qu'il l'eut dépassée, la lourde herse retomba derrière lui à grand bruit; et le pont-levis remonté découvrit de nouveau le vaste fossé rempli d'une eau vive et profonde, qui formait de ce côté la plus forte défense de Saint-Bris.

CHAPITRE V.

LA SARBACANE.

Maitre Nicolas, si bien reçu par le seigneur de Rabastains, avait à redouter un accueil tout différent du terrible d'Allègre. Il crut avec raison n'être assuré contre les effets de sa colère, qu'à l'abri des remparts de Saint-Bris; il alla donc demander à la comtesse la permission de demeurer au château: Oui, certainement, lui répondit-elle; oui, vous resterez ici; le service important que vous avez rendu à la bonne cause vous assure des droits éternels à ma protection. Aussi bien vous nous serez fort utile en ce moment, où j'ai si peu de monde. Je vous attache particulièrement à la personne de notre pauvre blessé; soignez-le bien, maître Nicolas, et vous viendrez souvent me faire part de l'état de sa santé.

—Oh! répondit le meunier, madame la comtesse m'épargnera plus d'une fois la fatigue d'aller lui en porter des nouvelles; car, dieu merci, elle est plus assidue au chevet des malades que la garde et le chirurgien.

—Non, maître Nicolas, non, reprit-elle en rougissant, je n'irai certainement pas dans la chambre de monsieur de Rieux.

—Ce sera donc le premier blessé auquel madame la comtesse aura refusé des soins, répliqua le meunier tout surpris. Et pourtant si madame avait vu, cette nuit, comme ce jeune homme se bat, comme il est vaillant!...

—Je n'en doute pas, et je lui rends toute justice, interrompit Diane : aussi je me flatte que vous ne le perdrez pas de vue, que vous veillerez sur lui, comme une mère sur son enfant, afin qu'il ne manque de rien; s'il désirait quoi que ce soit, accourez m'en avertir sur-le-champ.

Le meunier se retirait en faisant de grandes protestations de zèle, Diane le rappela : A propos, lui dit-elle, vous qui êtes un ancien serviteur de la maison, qui nous aimez, et que tout le monde considère ici, j'espère que vous vous emploierez à tranquilliser ces mauvaises têtes qui se sont mutinées ce matin.

—Ah! madame, il y a beaucoup à dire sur cela.

—Comment, beaucoup à dire?

—Oui, vraiment; car moi dont le père était le valet de chambre favori de feu monsieur le comte, moi qui ai tant de respect et d'attachement pour madame, j'ai pourtant été un des premiers à me mutiner ce matin.

—Vous! est-il vrai?

—Sur mon honneur! et par amitié, par zèle pour madame la comtesse; car, s'il fallait que ce méchant monsieur Duhallot mît le pied dans ce château, je ne sais pas ce qu'il en arriverait; les têtes sont si diablement montées dans le pays! Ah! il ne manque pas de langues qui disent que c'est d'ici qu'il est parti pour cette infernale expédition.

—D'ici! s'écria la comtesse indignée; de Saint-Bris! Est-il possible, cela se peut-il croire?

—Cela se dit, et voilà le mal. Jugez, madame, quand on verra venir chez vous ce brigand de Duhallot!

—On ne le verra jamais, maître Nicolas, jamais; je vous en donne ma parole.

—Eh bien, madame, voilà tout ce que nous demandons... Je dis nous, c'est-à-dire eux autres; car, moi, je ne suis dans tout cela, comme je le disais, que par tendresse de cœur pour madame.

—J'entends, j'entends, maître Nicolas. Assurez bien mes hommes d'armes que le capitaine Duhallot ne mettra, en aucun temps, les pieds dans Saint-Bris; que je ne l'aime pas plus qu'eux; car, en vérité, si je pouvais haïr, je crois que je le détesterais autant qu'eux; le méchant homme!

—C'est que, voyez-vous, madame, on craint que sous prétexte de venir voir sa sœur....

—Oh! sa sœur, reprit Diane d'un ton ferme, c'est autre chose; elle restera ici.

—Ma foi, si j'étais à la place de madame....

—C'est assez; c'est trop, maître

Nicolas, interrompit-elle avec fierté. Je sais écouter des raisons qui me semblent équitables, et dictées par un véritable attachement; mais le moindre oubli du respect que j'ai prescrit à tout le monde ici pour mademoiselle Duhallot serait considéré et puni sur-le-champ comme un outrage fait à moi-même. Allez où je vous ai commandé de vous rendre.

—Il suffit, dit le meunier en saluant profondément. Madame la comtesse sera obéie.

Diane, restée seule, réfléchit longtemps à la singularité de ce déchaînement universel de ses gens contre Duhallot; et surtout à cette opinion répandue dans le pays qu'elle avait pu donner retraite aux brigands coupables de la dévastation d'un pays toujours protégé et comblé de bienfaits par elle, quoiqu'en opposition avec son parti et sa religion. Maître Nicolas avait dit la vérité en convenant qu'il n'était pas étranger à la mutinerie du matin; mais ses aveux incomplets laissaient dans l'obscurité la cause réelle de cette émeute, comprimée par la fermeté de la comtesse. La présence de Duhallot à Saint-Bris, et le résultat probable d'une explication approfondie au sujet de l'incendie et du pillage des domaines de d'Allègre, tendaient à compromettre un secret dont la révélation eût conduit au gibet le meunier et une partie des hommes d'armes du château. De là les récits exagérés du ressentiment des habitans contre Duhallot, et de leur fureur au seul nom de ce barbare; de là aussi la subite effervescence des esprits parmi les vrais coupables, quand la nouvelle de l'arrivée de Marguerite Duhallot se fut répandue inopinément.

Toutefois Nicolas Rieul, tranquillisé par la déclaration formelle de la comtesse au sujet de l'ennemi commun, alla prendre possession de sa charge auprès du blessé. Bien éloigné de croire que ce fût l'homme dont il aurait, sans le moindre scrupule, sacrifié la vie à sa sécurité, il éprouvait pour ce jeune guerrier une sorte d'amitié mêlée d'admiration, depuis qu'il l'avait vu combattre si vaillamment contre les soldats de d'Allègre; car c'étaient précisément ceux qui l'avaient si cruellement torturé et dépouillé de son argent. Maître Nicolas conservait d'ailleurs un tendre souvenir de la libéralité de ce brave officier qui, après être convenu de vingt pièces d'or pour servir à son évasion, lui en avait généreusement donné cinquante.

Ce procédé avait trouvé le chemin du cœur de Rieul; aussi fut-ce avec un véritable plaisir qu'il lui fit l'offre de ses services, de la part de la comtesse, quand, vers le soir, Emmanuel, après avoir tranquillement reposé tout le jour, se réveilla déjà très soulagé. Ses blessures, que le meunier pansa, étaient sans douleur et dans le meilleur état possible; le sommeil, autant que les cordiaux prescrits par le prieur, avaient réparé ses forces. Le lendemain matin, il était encore mieux; Nicolas Rieul, qui avait passé la nuit près de son lit, dans un fauteuil, descendit pour instruire la comtesse de cet heureux changement.

Bientôt de retour, il prit plaisir à lui décrire les transports des dames en apprenant qu'il ne souffrait plus, et particulièrement ceux de la comtesse qui l'avait chargé à diverses reprises de lui témoigner le vif intérêt qu'elle prenait à cette bonne nouvelle. Les yeux d'Emmanuel étincelaient de joie en l'écoutant. Le meunier finit en lui remettant une lettre venue pour lui, parmi les dépêches de la comtesse : l'adresse portait le nom de Philippe de Rieux. A cette vue, la figure de Duhallot exprima le mécontentement et le dépit ; il resta muet, réfléchissant tristement à la fausse situation où il se trouvait placé, et à ce nom d'emprunt à la faveur duquel il surprenait la confiance et l'intérêt d'une femme, qui l'eût peut-être haï sous le sien : Qui vous a donné cette lettre pour moi ? demanda-t-il brusquement à maître Nicolas.

—Madame la comtesse elle-même, mon gentilhomme.

—En vérité je ne puis..., je ne dois pas l'ouvrir, reprit Duhallot en la jetant sur un guéridon près de son lit. Il faut absolument que je parle à la comtesse.

—Quelle idée, monsieur Philippe ! est-ce que vous avez la force de vous lever ?

—Non sans doute ; mais on m'a dit

que la dame de Saint-Bris ne dédaigne pas de visiter les soldats blessés en défendant sa cause ; et sans doute elle ne me refusera pas la même faveur.

—Je vous demande pardon, mon gentilhomme, elle vous la refusera.

—Comment! la lui avez-vous demandée pour moi?

—Non certainement.

—Peut-être ces demoiselles? On en aura parlé devant vous?

—On en a parlé devant moi, sans en parler devant moi précisément ; mais je l'ai entendu, et je suis bien sûr de ce que je dis.

—C'est donc pour quelque raison qui m'est particulière? observa Duhalloi d'un air inquiet; il est nécessaire, maître Nicolas, que je m'entende à ce sujet avec cette demoiselle...

—Je vous vois venir, mon gentilhomme, interrompit le meunier; il n'y faut pas penser non plus, car elle ne viendra pas davantage. C'est justement là qu'est l'enclouure, voyez-vous?

— L'enclouure! Que voulez-vous faire entendre?

—Je veux faire entendre que cette demoiselle est votre fiancée.

—Eh bien! qu'importe?

—Cela ne ferait pas grand'chose parmi nous autres paysans; mais, comme dit madame la comtesse, cela ne convient pas entre gens de qualité comme vous, quand il est question de mariage; parce que, s'il venait ensuite à se rompre, après des visites de la demoiselle dans votre chambre, cela serait la source de discours qui compromettraient l'honneur de la maison..

—Maudite ruse! murmura Duhallot avec un violent dépit. La vérité une fois blessée...

—Oh! ce n'est pas une ruse, mon gentilhomme, répliqua le meunier; je vous répète ses propres mots. Il faut que vous sachiez qu'il y a un autre mariage d'arrêté entre monsieur Péhu de La Mothe...

—Et la comtesse? demanda Duhallot vivement.

—Eh! non vraiment, monsieur; elle est sa tante. Non, mais avec mademoiselle Henriette; et madame attache tant d'importance à cette affaire, qu'elle ne pense qu'à cela: cependant personne ne le sait encore.

—En vérité, maître Nicolas, vous me faites de singuliers contes! Si personne ne le sait, comment en êtes-vous instruit?...

—Ah! vous avez raison, répondit le meunier avec un peu d'embarras; mais c'est que j'ai auprès de madame une cousine, dame Claude, sa première femme, qui l'a élevée, et qui est l'intendante de la maison. Dame Claude donc lui a fait observer que ces visites de jeunes filles dans la chambre d'un officier feraient bavarder les gens de la maison; que cela pourrait déplaire à monsieur Péhu, et faire manquer le projet de mariage, car monsieur Péhu est un jeune faucon bien difficile à chaperonner; c'est une tête! et madame a si peur de le fâcher! Dame Claude lui a encore dit bien d'autres raisons, et madame lui répondait : Mon dieu! pourquoi faut-il que cette rencontre se soit faite dans ma maison? Je suis bien malheureuse que le hasard ait amené chez moi cette demoiselle en même temps que ce jeune officier! sans cela je n'aurais fait même aucune difficulté d'aller le voir, de le soigner; mais en effet leur position est si... si équivoque; oui, je crois qu'elle a dit *équivoque* (monsieur saura ce que cela signifie), et ensuite elle n'a plus parlé que de vous...

—De moi, maître Nicolas! interrompit Duhallot transporté.

—De vous, mon gentilhomme : Il est si intéressant, disait-elle, si brave, si attaché au roi de Navarre! Et ce prince en fait le plus grand cas, dame Claude! il lui a sauvé la vie... Eh! madame, répondait dame Claude, laissez là cet officier. Depuis qu'il a paru ici l'autre jour, vous ne pensez qu'à lui, vous ne citez que lui; c'est son esprit, c'est sa bonne grâce, c'est sa vaillance...

—En vérité, maître Nicolas?

—Comme je vous le dis, mon gentilhomme; tout cela est la vérité pure : mais laissez faire, et remettez-vous seulement bien vite en santé, je vous réponds que vous ne manquerez pas d'amusemens au château de Saint-Bris.

Duhallot était retombé dans sa rêverie, mais elle n'avait plus rien de sombre. Ses regards semblaient contempler les ornemens du lit somptueux sur lequel il reposait; il ne les voyait pourtant pas, des objets plus rians s'offraient à son imagination; l'heureux amant leur souriait sans prendre garde au bavardage du meunier. Cependant Nicolas attribuait à sa joyeuse éloquence la bonne humeur de son malade; comme le sujet lui plaisait, il se donnait donc carrière à vanter les agrémens du séjour témoin des jeux de son heureuse enfance, et dont un long et injuste exil n'avait pu effacer de son souvenir les charmes toujours nouveaux pour lui.

Rien n'avait été changé dans la distribution, non plus que dans l'ameublement de l'antique manoir, depuis quarante ans, époque où, le cœur gros de soupirs, il en était sorti avec son père, chassés l'un et l'autre pour avoir refusé d'abjurer leur religion: Voyez, disait-il avec enthousiasme à Duhallot qui ne l'entendait pas, voyez! comment ne pas se sentir le cœur tout réjoui dans ce beau et noble château, qui n'a pas son pareil à vingt lieues à la ronde? Et vous en habitez la chambre la plus magnifique, celle de feu monseigneur le comte, juste aussi grande que la salle d'honneur qui est ici dessous. Croyez-vous, mon gentilhomme, que le roi ait dans son Louvre des buffets d'ébène aussi richement sculptés que ceux-ci, et une glace de Venise de cette grandeur? Savez-vous bien qu'à son passage en France, l'empereur Charles-Quint a couché dans ce lit? et ce grand monarque, comme disait monsieur le comte, a reconnu que ces tapisseries toutes brillantes d'or et de soie sont sorties de la meilleure manufacture de ses États de Flandre. Regardez un peu ce saint Paul renversé de cheval, et Dieu qui lui parle dans ce nuage. Tenez, tout cela est expliqué dans cette devise écrite là, en lettres d'or, au bas de la tapisserie.... ; et si je vous disais tout, continua le meunier en se frottant les mains... Allez, allez, mon gentilhomme, vous ne vous ennuieriez pas dans cette chambre, quand madame la comtesse vous y laisserait seul pendant un mois.

— Que dites-vous de la comtesse ? demanda Duhallot, que ce mot rappela tout-à-coup à lui-même.

— Je dis, monsieur, répondit le meunier en baissant la voix, qu'avec un secret que je puis vous dire vous n'auriez pas un moment d'ennui dans cette chambre, quand vous n'y verriez pas ces dames de tout un mois.

— Un secret ! maître Nicolas ; il n'en est pas qui me puisse faire supporter une si longue absence, sur mon ame !

— Eh bien ! j'en sais un, moi, reprit le meunier tout joyeux ; un secret que personne ne sait dans le château, depuis la mort de monsieur le comte, et que je ne dirais pour rien au monde à personne ; mais à un brave chevalier comme vous, qui avez gagné mon cœur, je le confierai avec plaisir ; bien entendu qu'il faudrait me jurer de ne pas le trahir.

— Vraiment, dit en souriant Duhallot, c'est donc une chose bien importante, maître Nicolas?

— Importante pour moi, mon gentilhomme ; car cela m'a déjà servi plus d'une fois, et peut m'être encore bien utile. A vous dire la vérité, ce n'est pas ma méchante cousine qui m'a confié tout ce que je vous ai rapporté de la conversation de la comtesse avec elle, c'est moi qui l'ai entendu, et...

— Vous, maître Nicolas! interrompit Duhallot mécontent ; avez-vous donc écouté aux portes ?

— Aux portes! non, mon gentilhomme ; je sais que c'est mal, et j'en suis incapable. Mais, voyez-vous, je vous ai dit que cette chambre était celle de feu monsieur le comte, dont mon père a été le domestique favori ; et, quand j'étais jeune garçonnet, je ne pouvais me lasser d'admirer ces belles tapisseries, que je regarde encore aujourd'hui avec tant de plaisir. Un jour que, resté seul ici, je m'étudiais à déchiffrer les lettres brodées au bas de celle de saint Paul, j'entendis des paroles en sortir. La frayeur me cloua d'abord à la place ; je crus que c'était saint Paul qui parlait ; mais peu à peu je reconnus les voix des seigneurs que je venais de voir en bas dans la salle d'honneur. Cela m'enhardit, je levai la tapisserie, et je vis l'ouverture d'une sarbacane pratiquée là pour entendre ce qu'on dit en bas..

— Fi ! fi ! maître Nicolas, s'écria Duhallot.

— Comment fi! c'est monsieur le comte qui a imaginé cela pour connaître les sentimens des gens qu'il rasemblait chez lui, et qu'il engageait à parler librement en son absence; voilà tout (*c*). Il avait oublié ce jour-là de refermer le petit guichet, et c'est ainsi que...

— Encore une fois, fi! Nicolas: il est mal de se servir de pareils moyens pour surprendre les secrets de qui que ce soit.

— Sans cela pourtant je ne saurais pas tout ce que je vous ai dit des bonnes dispositions de madame pour vous, et qui vous ont fait si content. Je ne vois pas où serait le mal que pendant le temps qu'on vous laisse ici tout seul jusqu'à votre guérison, vous prissiez le plaisir d'écouter un peu ce que disent les dames...

— Ce moyen de m'amuser ne me convient nullement, maître Nicolas:

du reste je n'abuserai pas de votre confidence, soyez tranquille; mais si vous preniez à moi un véritable intérêt, je pourrais en effet vous devoir dans ma solitude quelques momens agréables, et vous ne vous repentiriez pas de m'avoir rendu ce service.

— Ah! mon gentilhomme, commandez-moi, je vous suis tout acquis.

— Il s'agirait, mon garçon, de remettre un billet de ma part à mademoiselle Duhallot.

— A votre fiancée? De tout mon cœur.

— Il faudrait encore, mon ami, arranger avec elle quelque moyen de l'amener ici.

— Oh! oh! cela devient plus difficile.

— Vingt écus au soleil, maître Nicolas, si la chose est possible.

— Écoutez donc! moi je ne demande pas mieux; car tout cela, n'est-il pas vrai, c'est en tout bien tout honneur?

— Je vous le jure, foi de gentilhomme.

— En affaires d'amour, disait feu monsieur le comte, la foi de gentilhomme est quelque peu sujette à caution. N'importe, écrivez toujours ce billet; vous avez de l'esprit, et je ne suis pas bête, ni des plus gauches.

Le meunier alla chercher dans un cabinet voisin tout ce qu'il fallait pour écrire, et l'apporta sur le lit de Duhallot. La lettre terminée, il lui fit prendre une potion cordiale, tira les rideaux, et le laissa rêvant avec délices à ce qu'il venait d'apprendre des sentimens de la belle comtesse à son égard.

CHAPITRE VI.

LA VISITE.

Il était de règle au château que l'on passât en prières publiques à la chapelle l'heure qui précédait le coucher du soleil. Tout le monde s'y rendait, à l'exception des soldats qui veillaient sur les remparts, et que l'on choisissait d'ordinaire, pour cet instant, parmi les catholiques ; mais depuis le départ de Péhu avec ses gens, le meunier était le seul homme à Saint-Bris qui professât cette religion. Quant aux femmes venues à la suite des demoiselles, craignant de se laisser vaincre en piété par des huguenots, dès qu'elles les eurent vus, le premier soir, s'acheminer dévotement vers la chapelle, elles se hâtèrent d'aller s'enfermer aussi, et de réciter quelque office à l'imitation des Ursulines de Niort.

Pendant ce concert général de psaumes et d'hymnes religieuses, Henriette et Marguerite résolurent de monter sur la plate-forme du château pour jouir au moins de la vue de ces belles et riantes campagnes dont l'accès leur était interdit. Nicolas Rieul, qui guettait toutes leurs démarches depuis le matin, ne les eut pas plus tôt aperçues prenant le chemin de la tour du donjon, qu'il y courut pour leur remettre le billet de Duhallot; mais il s'aperçut alors que la porte de l'appartement était fermée en dehors, et qu'il se trouvait prisonnier.

Cet incident retarda de quelques momens l'exécution du projet de maître Nicolas ; mais il ne pouvait opposer un obstacle sérieux à ce vieux habitué du château de Saint-Bris, qui en connaissait les moindres détours. Un escalier intérieur, et destiné au service secret de la chambre du comte, conduisait à la tour du donjon ; et ce dégagement facilita au meunier le moyen d'y devancer les demoiselles, malgré leur légèreté. Au moment où elles allaient atteindre la plate-forme, il ouvrit brusquement, près d'elles, une petite porte : cette surprise leur arracha un cri ; mais, bientôt rassurées en reconnaissant Rieul, elles reçurent de lui la lettre, et cédèrent sans résistance à la prière qu'il leur fit de le suivre jusque dans la chambre de l'officier blessé. Il les conduisit donc à travers de longs corridors et des galeries sans nombre, jusqu'au dessus de l'appartement de Duhallot, où elles descendirent par un escalier obscur. Maître Nicolas, après les avoir introduites, leur fit promettre d'être promptes à faire retraite avec lui au premier signal, et les laissa ensuite causer en toute liberté avec Duhallot.

Ce ne furent d'abord que questions rapides qui se croisaient et se renouvelaient, sans que personne attendît ou fît de réponse. Il brûlait de savoir des nouvelles du roi de Navarre; elles s'inquiétaient de sa santé: Ma santé, ma vie, leur dit-il, dépendent de ce que vous avez à m'apprendre de Henri.

— Eh! Monsieur, lui répondit Henriette, n'avez-vous donc pas lu la lettre du prieur?

— Je n'en ai pas reçu, mademoiselle, lui répliqua-t-il vivement. On ne m'en a remis qu'une à l'adresse de monsieur de Rieux. Pour rien au monde je ne voudrais profiter de l'erreur de madame votre sœur ; il est temps de mettre fin à cette scène de dissimulation dont je rougis ; ce mensonge me déshonore à mes propres yeux, et justifie la haine qu'elle porte à mon nom. Il faut que je parte aujourd'hui même, si je puis ; demain, s'il est impossible de me mettre plus tôt en route.

— Calmez-vous, mon frère, lui dit Marguerite effrayée ; et d'abord apprenez que le roi de Navarre est maintenant en sûreté à La Rochelle.

— Je respire, Marguerite.

— Vous en seriez instruit depuis ce matin, reprit-elle, sans vos scrupules tout-à-fait déraisonnables, dans la circonstance critique où nous nous trouvons. La lettre est pour vous : le prieur, dans celle qu'il écrit à la comtesse, la prie de vous la remettre de sa part....

— Quel enfantillage ! interrompit Henriette, en saisissant le paquet sur le guéridon où Duhallot l'avait jeté. Tenez, ajouta-t-elle après l'avoir décacheté, lisez maintenant ; je prends l'indiscrétion sur moi.

Tandis que le jeune homme dévorait cette lecture qui achevait de le tranquilliser, Henriette ajouta qu'elle ne souffrirait pas qu'il détrompât la comtesse : Ce serait détruire toute sa sécurité, dit-elle : ma sœur s'est engagée envers ses hommes d'armes à ne pas souffrir que le capitaine Duhallot entrât dans le château. En apprenant qu'il s'y est introduit sous un autre nom, n'en doutez pas, son effroi trahirait certainement le secret qu'il nous importe tant de garder.

— Quant à l'idée de sortir de Saint-Bris en ce moment, reprit Marguerite, il faut y renoncer. On assure que, du haut des remparts, on voit rôder de tous côtés des brigands encouragés par la faiblesse de la garnison, qui ne peut envoyer contre eux aucun détachement.

A ces raisons les demoiselles ajoutèrent que la comtesse était entièrement subjuguée par la vieille et méchante dame Claude, dont le fanatisme aveugle ne faisait grâce à aucun catholique; et que cette femme, à qui sa maîtresse ne cachait rien, une fois instruite de la présence de Duhallot dans Saint-Bris, abuserait infailliblement de cette confidence pour satisfaire sa haine implacable et sanguinaire contre tout ce qui ne partageait pas ses principes religieux. Ces motifs, et beaucoup d'autres encore, avaient déjà fort ébranlé la résolution de Duhallot; et il achevait tranquillement la lettre du prieur, quand tout à coup il fit un cri de joie : Je reste, dit-il, je reste, ma sœur, et je me soumets à tout ce que vous désirez. M. Labarre me mande que le bruit court à Saint-Jean d'Angely que le roi de Navarre doit s'avancer en Guyenne, à la tête d'une armée très-forte, et qu'il passera par Cognac. Le prieur va se rendre à La Rochelle, d'où il promet de m'adresser, sous le nom de monsieur de Rieux, des nouvelles du plus grand intérêt, et peut-être des ordres de Henri qu'il me recommande d'attendre ici. Je reste donc, ma bonne Marguerite.

— Et vous serez toujours M. Philippe de Rieux? reprit Henriette. A la bonne heure : vous voilà du moins raisonnable. Et puis, capitaine, si vous saviez combien ma pauvre sœur vous aime sous ce déguisement....

— Ah! mademoiselle, ne me flattez-vous pas? je suis tellement indigne d'une si grande faveur!

— Peut-être comme Duhallot, reprit Henriette en badinant. Je l'ignore, je ne veux pas le savoir; mais M. Philippe de Rieux est maintenant à ses yeux l'homme par excellence. Il y aurait en vérité de la barbarie à lui ravir une illusion qui la rend si heureuse. Pauvre Diane ! M. Philippe est désormais son héros ; elle le place à présent beaucoup au-dessus du roi de Navarre, et presque au niveau du grand Péhu de La Mothe, son beau neveu !

Les sons d'un cor qui retentirent en ce moment au dehors suspendirent tout à coup l'entretien ; et le meunier, se précipitant dans la chambre, appela les demoiselles : Sauvons-nous ! dit-il ; voici des nouvelles de M. Péhu ; je viens de reconnaître nos gens ; on court avertir madame, elle va sortir de la chapelle. Alerte ! mesdemoiselles.

Elles s'empressèrent de le suivre, montèrent en courant l'escalier dérobé, et, parvenues à la tour du donjon, elles redescendirent dans la cour d'honneur, où elles trouvèrent la comtesse.

De son côté, Nicolas Rieul, de retour dans la grande galerie du premier étage, entendit ouvrir la porte de l'escalier principal, et s'avança en demandant avec humeur la cause de l'emprisonnement auquel on venait de le condamner pendant une heure. Le meunier ne s'étonna pas de se trouver en présence de dame Claude ellemême; il se doutait bien que le coup partait de la méfiante et hargneuse intendante.

— Fais donc l'hypocrite, lui répondit-elle aigrement, en replaçant la clef dans le trousseau pendu à sa ceinture. Ne sais-tu pas bien pourquoi je t'ai enfermé, Cananéen?

— A qui diable en avez-vous ce soir, cousine? lui demanda-t-il en opposant une question à la sienne.

— A toi, mécréant. Penses-tu que

je ne t'aie pas vu rôder toute la journée comme un loup carnassier autour de ces deux brebis égarées?...

— Moi, dame Claude?

— Toi-même! et que le Seigneur te confonde ainsi que celui qui t'a envoyé. Ah! malheureuse maison! où l'abomination est entrée avec les papistes, adorateurs de Moloch, d'un dieu de sang et de carnage!...

— Eh! ma bonne cousine, qu'y a-t-il donc, au nom du ciel?

— Ne parle pas du ciel que tu offenses, vieux réprouvé! Encore une fois, j'ai vu tes signes d'intelligence avec ces deux Samaritaines : tu avais à leur parler de la part de ce papiste blessé, et ce ne peut être que du mal; car la corruption n'engendre que la corruption.

— Taisez-vous, dame Claude, vous devriez rougir de parler ainsi d'un officier du roi de Navarre.

— Le roi de Navarre ne doit pas compter sur des officiers catholiques; ce sont tous gens du pays de Canaan, des Philistins et des Amalécites, quoi qu'en dise Madame qui m'a déjà querellée pour ce beau fils de Bélial. Et si les tribulations que je prévois doivent encore nous éprouver, je n'aurai du moins rien à me reprocher, et ce ne sera pas faute de précaution de ma part. Va, Satan, continua-t-elle en suivant à pas lents le meunier, qui descendait rapidement l'escalier sans lui répondre, et levait les épaules d'un air dédaigneux; va, tentateur, souviens-toi que j'ai des yeux partout, que rien ne m'échappera, et que je vais prévenir Madame de tout ce qui se passe.

Cependant le pont-levis s'était abaissé pour livrer passage aux hommes d'armes du château. L'un deux devançant les autres, les laissa occupés de la garde des prisonniers qu'ils amenaient, et monta légèrement les degrés du perron, où la comtesse était restée avec les demoiselles, impatiente d'apprendre des nouvelles de Péhu. Elle en demandait à haute voix au soldat qui s'avançait, lorsque le guerrier, levant tout à coup la visière de son casque, découvrit à ses yeux surpris le jeune Péhu lui-même. Ne vous alarmez pas, Madame, lui dit-il, si je reparais à vos yeux sous l'armure d'un simple sergent; ce déguisement sert des projets que j'ai hâte de vous expliquer. J'ai remporté de grands avantages sur l'ennemi, et j'amène des prisonniers; mais je repars dans deux heures.

Pendant cette explication rapide, Péhu, les yeux fixés sur les demoiselles qui se tenaient à quelques pas en arrière, paraissait beaucoup plus occupé d'elles que du soin de calmer la vive inquiétude de la comtesse. C'est ma sœur et son amie, dit-elle, encore toute troublée; puis, afin d'éviter, dans le premier moment, au sujet du nom de Duhallot, une explication qu'elle voulait prendre le temps de préparer, elle le pria de la suivre seul dans sa chambre : Venez, continua-t-elle, je suis impatiente de connaître ces projets que je désapprouve d'avance, puisqu'il faut encore que vous nous quittiez, que vous alliez courir à de nouveaux dangers.

Péhu commença par le récit de sa courte expédition. Après avoir surpris et battu l'arrière-garde de Matignon, il avait appris que le roi de Navarre s'apprêtait à marcher vers la Guyenne. Son dessein était d'aller au devant de ce prince; mais il fallait éviter quelques corps de partisans, qui, avertis de sa marche, pouvaient se réunir et lui fermer le passage. Il avait donc feint de prendre une route différente de celle qu'il se proposait de suivre ; et tandis que sa troupe allait loin de là, par un long détour, traverser la Charente, afin de venir se former, à la nuit close, devant la tour du beffroi, Péhu était parti déguisé, avec un petit nombre d'hommes, pour amener les prisonniers au château, savoir des nouvelles et inspecter la forteresse. Il se proposait de sortir ensuite par la poterne, de passer la Charente, et de rejoindre ses gens. D'après son calcul, il devait, avant le jour, se trouver assez loin pour avoir gagné une marche sur les ennemis, et les laisser derrière lui dans l'incertitude du chemin qu'il aurait pris.

Peu satisfaite de ces explications, dont il résultait que son neveu devait la quitter si promptement, la comtesse les interrompit pour lui parler de sa sœur Henriette. Elle oublia un moment toutes ses peines en remarquant que la première vue lui avait été favorable. Péhu toujours si froid, si réservé à l'égard des dames, s'anima en parlant de la beauté d'Henriette, de son maintien noble et décent. Ce n'est rien! s'écria la comtesse enchantée : vous aller juger de son esprit, de sa grâce, de la bonté de son cœur.

— Fort bien, reprit Péhu ; mais ne lui faites pas connaître nos projets, je vous prie. Vous savez quelle est ma résolution invariable : ce n'est que pour votre sœur que je consentirais, sans regret, à renoncer à mon plan favori de m'engager irrévocablement dans l'ordre de Malte, dont je porte la croix. Quoique bien jeune, j'ai parcouru presque tout le monde ; je n'ai encore rencontré qu'une femme parfaite, et c'est vous, ma belle tante ; s'il y en a une seconde sur la terre, tant mieux ; elle sera l'épouse de mon choix. Mais franchement je doute que ce soit Henriette : l'éducation du couvent, les idées étroites que les jeunes filles en rapportent, leur penchant désordonné pour les plaisirs du monde et la dissipation, après un long esclavage, tout m'en déplaît ; et ce sentiment va jusqu'à l'aversion.

— Mon ami, mon bon Péhu, lui dit la comtesse, vous allez voir mon Henriette ; vous l'aimerez ; elle est charmante et digne de vous. Sa gaieté....

— Je ne souhaite pas qu'elle soit gaie, interrompit Péhu ; vous ne l'êtes pas, vous que j'aime tant !

— Vous la chérirez plus que moi, mon neveu, car elle vaut cent fois davantage. Promettez-moi que vous l'aimerez, qu'elle sera votre femme.

— Je ne vous cache pas, répondit-il, que sa beauté a fait sur mon cœur une impression qui ne me dispose que trop à me laisser facilement charmer; mais c'est un motif de plus pour que je m'arme contre elle de toute ma raison. Je me sens appelé à de grandes choses, ma belle tante, et l'amour, s'il n'est pas justifié par tout ce qui peut ennoblir cette passion que je crains, n'aura jamais la puissance de m'arrêter à l'entrée de la carrière où je m'élance avec tant d'ardeur et d'espoir. En un mot, une femme comme vous, ou point de femme, voilà ma devise. La beauté pourra bien charmer et fixer quelques momens mes regards; mais mon ame résistera et sera toujours la plus forte.

Après cette fière déclaration, Péhu, qui venait de consumer dans cet entretien la moitié du temps qu'il devait rester au château, se hâta d'inspecter les remparts, de passer la revue des hommes, de pourvoir à tout le service de la place; il se fit ensuite conduire auprès de l'officier blessé. Diane venait de l'entretenir, avec feu, des détails du combat où monsieur Philippe de Rieux avait si glorieusement succombé en sauvant le roi de Navarre; ce récit fut le sujet de l'entretien des deux jeunes gens. Il intéressa vivement Péhu, qui ne se lassait pas de questions sur Henri, et s'oublia quelque temps dans le charme de cette conversation. En vain la cloche avait sonné deux fois pour l'avertir que le souper était servi; quand il descendit, les dames étaient déjà placées à table, la comtesse entre les deux demoiselles; un siége était préparé en face d'elles pour le chevalier, il se hâta de l'occuper.

Prévenue contre Péhu, à cause de son amitié pour d'Allègre qu'elle abhorrait, et de la haine qu'il avait jurée à Duhallot son protégé, Henriette ne put s'empêcher de remarquer tout haut qu'il était peu courtois de se faire attendre par les dames. Le cœur libre, l'esprit folâtre et léger, la jeune fille donna carrière à sa gaieté durant le repas, et n'épargna pas les railleries au chevalier, dont l'attitude grave et le sérieux offraient, en effet, avec sa grande jeunesse, un contraste qui pouvait prêter à la plaisanterie.

Diane se désolait: à chaque nouveau trait qui trahissait l'extrême frivolité de sa sœur, sa détresse devenait plus visible. Elle interrompait Henriette, et lui protestait tout bas qu'elle ne pensait pas un mot de ce qu'elle disait, qu'elle était ordinairement plus réfléchie, plus raisonnable; mais tout ce travail était en pure perte, Henriette redoublait de folie, et Pélu ne s'en apercevait seulement pas. Perdu dans la contemplation de la beauté de Marguerite, il observait, avec un charme inconnu de lui jusque-là, sa touchante modestie, sa pudeur angélique; son silence même l'enchantait, et l'étourderie d'Henriette ne servait qu'à donner à ses yeux plus de prix à la réserve de Marguerite.

Pour elle, informée, comme son amie, de la haine injuste de Péhu contre Duhallot, elle n'en éprouvait, n'en montrait aucun ressentiment; au contraire, ses regards doux et tristes, presque caressans, semblaient implorer l'ennemi de son frère, et lui demander grâce pour lui. Ceux du jeune homme ne tardèrent pas à les rencontrer; elle baissa aussitôt les yeux, en rougissant de confusion à la vue de l'expression de ravissement qu'elle vit briller dans ceux de l'heureux chevalier.

Par malheur, Diane était attentive aux moindres mouvemens de son neveu, dont les impressions, aussitôt que la passion l'animait, se peignaient en traits de feu sur sa belle et noble figure.

Elle ne put se méprendre à l'effet que la vue de Marguerite produisait sur lui, et se ressouvint alors que dans son trouble, et pour éviter de prononcer le nom de Duhallot, elle avait présenté collectivement les deux demoiselles à Péhu sans lui désigner plus particulièrement sa sœur. Bien plus, au moment où Péhu, sans s'être fait connaître encore, s'avançait vers elle sur le perron, la comtesse tenait Marguerite par la main, et affectait à dessein devant ses gens, qui s'étaient mutinés à l'occasion de sa présence au château, de lui prodiguer les plus tendres caresses. L'idée lui vint tout à coup que ces circonstances pouvaient avoir causé une erreur momentanée qu'il était temps de réparer; prenant donc la main de sa sœur : Ma chère Henriette, lui dit-elle, il faut aujourd'hui, par extraordinaire, que tu mouilles tes jolies lèvres dans cette coupe de vin, pour boire, selon le vieil usage du château, à la gloire du chevalier qui s'apprête à braver de nouveaux dangers pour le soutien de notre cause.

— Monsieur va repartir! s'écria Marguerite avec abattement.

Henriette éclata de rire: Oh! ma sœur, lui répondit-elle, je respecte beaucoup les vieux usages; mais je déteste le vin, et je n'aime pas la gloire.

Péhu, les yeux fixés sur Marguerite dont le front s'était couvert de rougeur après son exclamation involontaire, Péhu, comme frappé de la foudre, resta quelques momens muet; il étouffa un soupir qui paraissait oppresser son sein; puis, prenant un air indifférent que sa pâleur ne démentait que trop, il se leva, et fit observer à la comtesse que le sablier placé sur la table était presque épuisé: Vous le voyez, lui dit-il, j'ai perdu ici deux heures...

— Perdu ! répéta la comtesse d'un ton de reproche amical.

— Mes gens doivent être maintenant rendus au poste que je leur ai assigné, reprit-il froidement ; la nuit est obscure, il faut que je parte à l'instant même.

Le chevalier s'avança ensuite vers la comtesse, dont il baisa respectueusement la main, et il sortit après avoir salué les deux demoiselles sans les regarder.

CHAPITRE VII.

AVEU SURPRIS.

Le chevalier Péhu était parti depuis près d'une heure, quand Nicolas Rieul entra doucement dans la chambre de Duhallot; il fut tout étonné de le trouver debout, et marchant par la chambre d'un pas assez ferme. En effet, grâce aux ordonnances du prieur, et à la vigueur de sa constitution, ses blessures commençaient à se refermer, et il avait déjà recouvré quelque force: Vois, dit-il au meunier d'un air riant, vois l'effet qu'a produit sur moi la vue de ces demoiselles; me voici tout ranimé.

—Oui, répondit tristement Nicolas, en posant sur un buffet la lampe d'argent qu'il avait préparée pour la nuit; oui, continua-t-il avec un gémissement, réjouissez-vous; nous en avons sujet!

—Eh! qu'est-il donc arrivé, maître Nicolas?

—Il est arrivé, mon gentilhomme, que la vieille Claude a découvert la mine, et tout dit à madame. Elle sait que les demoiselles sont venues ici.

—Qui donc nous a trahis? demanda Duhallot surpris.

— Qui ! le diable, je crois. La cousine dame Claude a des espions partout; c'est une fanatique enragée à qui la vue d'un chrétien donne des convulsions de rage, depuis que *le martyr*, comme elle appelle mon défunt cousin, qui l'avait épousée en punition de ses péchés, a été tué à cette fête de la Saint-Barthélemi, dont les huguenots font tant de bruit.

—Eh bien! qu'a-t-elle vu, qu'a-t-elle rapporté?

—À coup sûr elle a rapporté plus qu'elle ne sait; car la maudite masque est de bien mauvaise volonté pour nous. Elle se méfiait de quelque chose, et pendant la prière elle nous avait enfermés ici, pour s'assurer que les demoiselles ne viendraient pas nous visiter, tandis que tous les surveillans seraient à la chapelle; et comme elle avait vu les jeunes filles se diriger vers l'escalier du donjon, la vieille pécheresse, sous prétexte d'aller aux informations, a monté sur l'esplanade afin d'y causer librement quelques instans avec le fauconnier, un joli garçon de vingt-cinq ans, qu'elle savait là en sentinelle. Thomas, qui lui fait la cour pour son argent, et qu'elle n'est pas éloignée de donner pour successeur au *martyr*, Thomas est entré en propos avec elle. Il a répondu à ses questions que les demoiselles n'ont point paru sur la plate-forme ; mais qu'attiré par un cri de femme, dans l'escalier du donjon, à l'heure de la prière, il m'avait vu introduire les deux jeunes filles dans la chambre n° 12, et qu'ensuite je les avais fait sortir par la même porte, quand le cor s'était fait entendre au pied des remparts. Je tiens cela d'un de mes amis, camarade de Thomas, auquel celui-ci a tout conté.

—Mais, observa Duhallot, peut-être dame Claude n'en a-t-elle pas encore parlé à madame la comtesse ; et avec de l'argent on pourrait acheter son silence.

—Rien, rien, mon gentilhomme : dame Claude n'est pas plus maniable qu'un fer rouge, et je suis sûr qu'elle a déjà parlé ; car madame a l'air si fâché, si troublé, que j'en ai été tout effrayé, moi qui pourtant ne suis pas trop sujet à la peur, comme vous avez pu voir.

—Cette dame Claude est donc bien méchante, maître Nicolas?

—C'est un démon incarné pour ce qui n'est pas de sa religion ; et comme madame croit tout ce qu'elle dit, vous pouvez être bien assuré qu'à l'heure qu'il est, mon affaire est sur le tapis ; et que, sans aucun respect du cousinage, elle travaille de tout son vieux cœur venimeux à me faire encore une fois chasser du château.

—Sois tranquille, Nicolas, interrompit Duhallot en souriant. Il suffira d'un mot pour faire connaître l'innocence de ce rendez-vous ; et certes, quelque mal qu'il en doive résulter pour moi, je n'hésiterai pas à le prononcer pour sauver de sa perte le brave homme qui m'a rendu service en se compromettant.

— Je vous le dis franchement, mon gentilhomme, ce malheur-là me coûterait bien cher. Ah! vous ne savez pas...

Un gros soupir acheva la phrase du meunier, que Duhallot consola de son mieux, et qu'il engagea ensuite à s'aller coucher dans une pièce voisine, où un lit avait été préparé pour lui. En effet le malade se sentait assez bien pour n'avoir plus besoin d'être veillé la nuit, et maître Nicolas, privé de sommeil depuis quelques jours, ne fit aucune difficulté de céder à cette invitation. Bientôt un bruit sourd et régulier avertit Duhallot que son gardien, profondément endormi, ne troublerait de long-temps ses douces méditations; il continua donc de s'y livrer, et de jouir, en se promenant dans la vaste chambre, du plaisir d'essayer encore ses forces renaissantes. La gloire, le roi de Navarre et les beautés dangereuses de la cour de Nérac, objets habituels de ses pensées, étaient alors bien loin de son esprit; il ne songeait qu'à la belle comtesse dont les charmes avaient fait une si vive impression sur son cœur, le jour de son premier passage avec le roi de Navarre. S'il fallait en croire Henriette, Diane l'avait distingué; les récits de Nicolas Rieul le confirmaient dans cette idée. En vain il se disait que cette présomption était d'un extravagant, trop prompt à saisir au vol une chimère qui le charmait; il la chassait en rougissant, puis il se hâtait de la rappeler, et la trouvait plus séduisante encore.

Après quelques momens de cette vive et enivrante agitation, contraint par la fatigue, il se laissa tomber sur l'un des larges siéges de la chambre; et, la tête nonchalamment appuyée sur le coussin, il goûtait un repos délicieux, quand il entendit prononcercer distinctement son nom tout près de lui. C'était la voix de la comtesse; il crut continuer son rêve, et resta immobile, dans la crainte de faire évanouir cette agréable illusion. Mais bientôt, à cette voix si mélodieuse, succédèrent des sons aigres et criards; étonné, il se leva, et n'entendit plus rien. En se rapprochant de nouveau, il s'aperçut que les paroles semblaient sortir de la tapisserie, et se ressouvint alors de la sarbacane, dont le meunier l'avait entretenu la veille. Un désir irréfléchi, ardent, irrésistible, fixa tout à coup le jeune homme dans la position où le hasard l'avait placé; il écouta, le col tendu, le cœur palpitant, et retenant le souffle dans son sein.

— Dame Claude, disait la comtesse, ne parlez pas ainsi de mademoiselle Duhallot. Cette démarche était sans doute innocente; ma sœur l'accompagnait, et monsieur Philippe est un si honnête homme !

—Je ne dis rien contre votre monsieur Philippe, répondit la voix glapissante de dame Claude, je n'en parle pas, Madame ; puisqu'on ne peut plus prononcer son nom sans éloges, à moins de vous irriter. Mais mademoiselle Duhallot est une Samaritaine qu'il faut chasser au plus tôt de cette maison.

—Quelle idée! où irait-elle?

—Dans un couvent de Cognac : il n'en manque pas.

—Mais alors ma sœur la suivrait.

—Où serait le mal? c'est Samarie et Samarie ; elles adorent les mêmes idoles.

—Il n'y faut pas penser, dame Claude : ce départ pourrait nuire au mariage de ma sœur avec le chevalier, et je n'y vois déjà que trop d'obstacles. Il ne manquerait plus que de l'envoyer encore au couvent! Péhu a ces maisons en aversion.

—En cela je l'approuve fort: tout catholique qu'il est, il aura, du moins une fois, parlé raisonnablement; car on sait bien que les couvens sont des lieux abominables, où l'on pratique publiquement, comme à Babylone, les plus infâmes prostitutions....

—Allons! vous radotez, dame Claude...

—Je radote, Madame! répliqua-t-elle en parlant avec volubilité; le révérend monsieur Charlac radote donc aussi à ce compte? Ne l'avez-vous pas entendu prêcher dimanche dernier contre les Samaritains? N'a-t-il pas dit qu'ils mêlaient le culte des idoles avec celui du vrai Dieu? que les uns adoraient Thartac, les autres Nerget, ceux-là Néabas, ou Rempham; et qu'ils avaient bâti un temple sur le mont Garizim, en opposition au temple de

Jérusalem? Or, Madame, que font donc autre chose les schismatiques romains? N'ont-ils pas leurs Thartacs et leurs Remphams habillés en saints ou en vierges, leur temple et leur montagne Garizim?

—Eh bien! dame Claude, répondit la comtesse impatientée; voilà qui est dit, ce sont tous des Samaritains: laissons cela.

—Ah! s'écria-t-elle triomphante, vous convenez donc que ce sont tous des Samaritains! En ce cas, chassons donc les femmes samaritaines de la tribu sainte, comme firent ceux de Juda au retour de la captivité, et n'imitons pas l'impiété de Manassé, qui voulut conserver la fille de Sanballac! On en a vu les suites, quand...

—C'est assez, interrompit Diane d'un ton impérieux: ce ridicule jargon me fatigue à l'excès, et mademoiselle Duhallot restera ici; je le veux.

—Il suffit, Madame, je me tairai, et tout n'en ira sans doute que mieux. Cette demoiselle se rendra publiquement, par la grande galerie, dans la chambre d'un jeune homme au lit : elle y conduira encore mademoiselle Henriette ; de cette manière le mariage de votre sœur avec monsieur Péhu n'en sera que plus assuré, et la maison plus sanctifiée.

—Que vous êtes cruelle, dame Claude ! Ne pouvez-vous donc me donner un conseil à suivre dans cette circonstance difficile, vous qui avez d'ordinaire tant de sagesse et de raison?

—Que vous dirai-je, Madame? vous ne voulez pas renvoyer la jeune fille ; faire partir le jeune homme est impossible, assurez-vous ; et cependant la décence et la régularité de cette maison s'opposent à ce qu'ils se voient, tant qu'il devra garder la chambre. D'un autre côté, leur amour est si forcené qu'ils sont descendus jusqu'à corrompre vos gens afin d'avoir un rendez-vous secret. Ils en auront encore bien d'autres! Dans cet état de choses, voici mon avis : puisqu'il faut absolument qu'ils restent ici, et qu'ils sont fiancés, faites venir de Cognac, dès demain, un de leurs prêtres idolâtres, et qu'on les marie sur-le-champ à leur manière.

—Bon dieu, dame Claude, répondit la comtesse avec humeur, où allez-vous chercher de semblables expédiens? Vous ne me parlez plus que de mariage depuis quelque temps.

—Et pourquoi pas, Madame? le mariage est un état respectable et sacré, et l'Écriture en fait une loi même aux veuves...

—Voici encore les veuves en jeu! A quoi bon, je vous le demande, revenir en ce moment sur un pareil sujet?

—A quoi bon citer l'Écriture, Madame?

—Non, à quoi bon parler toujours de veuves?

—C'est que le Deutéronome en parle, Madame : voilà toute la finesse que j'y entends. Je répète que Dieu lui-même nous fait à tous un devoir du mariage; je ne vois donc pas pourquoi Madame s'étonne tant que je l'entretienne de ce sujet, et que je lui propose de conclure au plus tôt celui de ces jeunes gens qui, comme fiancés, ne se trouvent ni dehors ni dedans le mariage, et sont ici une pierre de scandale et de chute. Il faut donc les marier, et les laisser ensuite enfermés là haut, jusqu'à ce que le Philistin soit en état d'emmener la Moabite : d'ici là, vous ne devez pas souffrir plus de communication entre eux et nous, que s'ils fussent des pestiférés...

—Que vous êtes devenue dure et

méchante ! interrompit Diane révoltée; en vérité, je ne vous reconnais plus.

—Ni moi vous, Madame, reprit insolemment dame Claude; je vous le dis avec franchise. On est bien sûr de vous mettre en colère si l'on n'est pas, comme vous, en adoration perpétuelle devant ce beau Philistin. Ah ! Madame, Madame! ce jeune homme a tout bouleversé dans votre tête, comme dans notre pauvre maison.....

—Laissez-moi, dame Claude, interrompit vivement la comtesse. Laissez-moi, sortez; vous vous faites un jeu de ma peine.

—Non, Madame, non, reprit l'intendante d'un ton insinuant; vous me rendez plus de justice; et vous savez bien que je ne vous parle ainsi que pour l'honneur de la maison. Tous vos gens sont instruits de la démarche indécente où cette Moabite a entraîné mademoiselle Henriette; monsieur Péhu en sera instruit, la voilà compromise; vous le connaissez, jamais il ne voudra l'épouser. Au contraire, le mariage de ces fiancés couvrirait tout, excuserait tout, s'il était fait sur-le-champ.

— Sur-le-champ! dame Claude, cela se peut-il proposer? un homme mourant!...

— Eh! Madame, que de difficultés pour une chose aussi simple! Ah! ma bonne maîtresse! voulez-vous donc me laisser croire qu'en effet ce gentilhomme idolâtre a fait sur un cœur tel que le vôtre plus d'impression qu'il ne convient à votre repos?... Allons, voilà que vous pleurez maintenant!

— Oui, sans doute, dit la comtesse, d'une voix entrecoupée par les sanglots. Oui, je pleure, mais... c'est d'indignation de voir que vous... dame Claude... en qui j'avais tant de confiance; vous, dont je croyais l'affection si sincère!... vous alliez penser... Eh qu'ai-je donc dit de si extraordinaire en faisant observer qu'il est ridicule de songer à marier monsieur de Rieux au lit de mort?

—Ah! si ce n'est que cela, Madame, rassurez-vous : ce mourant-là se lève, il marche; je l'ai vu ce soir à travers sa porte, en allant faire ma ronde dans la galerie. Ne serait-il pas tout simple de le faire inviter demain à se rendre sur la grande terrasse qui est de plain-pied avec son appartement? On l'y transporterait dans un fauteuil, sous prétexte de lui faire un moment respirer le grand air, au soleil de l'après-midi. Là, sous les yeux de toute votre maison, suivie de vos femmes, accompagnée de ces demoiselles, vous pourriez l'entretenir décemment, et lui faire la proposition dont il s'agit, en lui déclarant, de votre ton le plus sévère, que vous êtes instruite du rendez-vous scandaleux qui rend ce mariage indispensable.

—Puisque vous m'assurez qu'il y a en effet du scandale, dit la comtesse d'une voix affaiblie, à la bonne heure..... Eh bien! je lui en parlerai. Mais je l'avoue, dame Claude, j'éprouve une grande répugnance à me mêler de cette affaire-là.

—Allez, allez, ils ne feront aucune difficulté de vous donner la satisfaction que vous avez droit d'exiger; car il faut que cette effrontée l'aime avec bien de l'emportement pour avoir ainsi foulé aux pieds la pudeur du sexe, et tout respect d'elle-même, afin de le voir, ne fût-ce qu'un moment.

—Oui; mais lui, ma bonne Claude? reprit la comtesse après quelques instans de silence. Tu dis que je fais des difficultés; cependant songe un peu à celle-ci : peut-être n'a-t-il plus autant d'amour pour cette demoiselle, lui !

— Bon! bon!

— Vois pourtant que de reproches j'aurais à me faire dans ce cas-là ! Quel tort ne lui causerait pas ma précipitation... ma tyrannie, il faut le dire ! Pauvre jeune homme, digne de tant de bonheur ! si vaillant, si généreux !.... Et des sentimens! Ah ! dame Claude, que n'as-tu entendu ce qu'en dit le roi de Navarre ! ce qu'en raconte monsieur de Rabastains, le prieur, le meunier, tout le monde ! Mais.... puisqu'il le faut... je ne rejette pas ton avis... j'y vais songer.... Ah! j'aurais aimé mieux qu'il ne fût jamais venu ici.....

Duhallot écoutait toujours avec avidité, dans l'espoir de recueillir encore quelques sons de cette voix touchante qui venait de l'enivrer de plaisir ; il n'entendit plus qu'un long soupir, puis les pas de la comtesse qui se retiraît suivie de dame Claude. Bientôt un profond silence régna dans tout le château, et ne fut plus troublé que par le cri de *garde à vous!* qui, partant chaque quart-d'heure du donjon, se répétait, en circulant de sentinelle en sentinelle, jusqu'à ce qu'il eût achevé le tour des remparts.

❀

CHAPITRE VIII.

LA CONFIDENCE.

Il était déjà tard quand Duhallot se réveilla, fatigué d'avoir employé une partie de la nuit à repasser et à commenter les moindres mots de l'entretien qu'il avait entendu. Surpris de voir maître Nicolas étaler sur les meubles de la chambre plusieurs habits complets et d'une grande richesse, il le questionna sur cette nouveauté. Je ne sais que vous dire, répondit le meunier tout content; il faut que dame Claude ait, par aventure, contenu sa langue de serpent une fois dans sa vie; ou peut-être Thomas n'a-t-il voulu que me faire peur, et n'a rien dit à la cousine : ce qu'il y a de sûr, c'est que Madame m'a fait ce matin un accueil tout gracieux, quand je me suis présenté pour lui donner de vos nouvelles; et dès que je lui eus conté que vous commenciez à vous lever, elle m'a commandé d'aller prendre les plus beaux pourpoints et les manteaux de M. Péhu, ainsi que son linge, d'après l'ordre qu'il en a donné lui-même. Madame vous prie d'user de tout cela comme il ferait de vos effets en pareil cas. Madame m'a ensuite chargé de vous donner avis qu'elle doit se rendre, après le dîner, sur la grande terrasse avec ces demoiselles, et qu'elle serait charmée que vous eussiez assez de force pour vous y faire porter.

Le jeune homme ravi de joie, choisit les habillemens les plus simples, mais qu'il jugea devoir le mieux faire valoir la richesse et l'élégance de sa taille. Le meunier mit un nouvel appareil sur ses blessures qui se cicatrisaient à vue d'œil, et lui servit un léger repas. Ils procédèrent ensuite à sa toilette. Duhallot, satisfait de sa bonne mine, que ne déparaient pas sa pâleur et son air abattu, attendit avec impatience l'heure du rendez-vous, en rêvant aux moyens de déconcerter le plan de mariage imaginé par dame Claude. Il eût été bien important d'instruire Marguerite de cette circonstance, et de la prévenir de ce qu'il se proposait de faire; mais Nicolas Rieul déclara qu'il fallait renoncer à remettre un billet, et à dire un seul mot aux demoiselles, tant la surveillance de la duègne était devenue active et inquiète.

Enfin arriva le moment tant souhaité. La comtesse, en grand habit de veuve, avec ses longs voiles de crêpes, monta l'escalier principal du château, entre Marguerite et Henriette, dont la parure brillante et fraîche relevait la beauté, sans effacer pourtant celle de Diane. Dame Claude suivait, dans le poste privilégié de dame d'honneur ; la foule des femmes venait après elle ; deux hallebardiers précédaient la marche, que fermaient plusieurs valets en grande livrée. Le cortége traversa la longue galerie des portraits, qui devait ce nom aux tableaux de famille et aux statues des anciens comtes de Saint-Bris, dont elle était décorée. La lumière n'y pénétrait qu'à travers des vitraux coloriés ; plusieurs pièces non moins tristes, et qui faisaient également partie de l'appartement du vieux comte, se trouvaient à la suite de celle-là, et conduisaient à une terrasse où l'on retrouvait enfin le jour, et le soleil dans tout son éclat.

De là on découvrait l'aspect de la campagne, le cours de la Charente, des prairies, des bois, et plus loin des collines verdoyantes qui formaient comme le cadre de ce riant paysage. La terrasse était vaste et ornée de fleurs; des treillages chargés de pampres, de jasmins et de chèvre-feuilles, y dessinaient des bosquets embaumés, où des bancs de marbre offraient des siéges commodes, défendus contre l'ardeur du midi par des touffes de lilas fleuris. C'était le jardin de la comtesse, et le seul endroit du château où l'on pût se croire un moment en liberté dans cette pompeuse et sombre demeure, que la guerre avait depuis si long-temps convertie en prison pour ses tristes habitans.

A la vue des fleurs et de la verdure, Henriette fit un cri de joie, et rompant l'ordre majestueux de la marche, au mépris des représentations de dame Claude, elle s'échappa comme un oiseau dont on vient d'ouvrir imprudemment la cage, atteignit en quelques bonds l'extrémité de la terrasse, et se mit à moissonner à pleines mains les lilas et les chèvre-feuilles. Duhallot, qu'elle découvrit derrière ces arbrisseaux, lui fit signe de l'écouter, l'instruisit en peu de mots du projet de dame Claude, et du rôle que devait jouer Marguerite. Après cette courte explication, la jeune fille feignit d'apercevoir inopinément le blessé, et revint annoncer cette nouvelle à la comtesse qui s'approchait.

Diane ne voulut pas souffrir que Duhallot se soulevât de son fauteuil pour la recevoir; elle s'empressa de prendre place à côté de lui sur un banc. Madame, lui dit-il après les premiers complimens, j'ai reçu du prieur Labarre une lettre dans laquelle il me donne, sur la défense de votre château, des avis particuliers que je ne dois communiquer qu'à vous seule.

— Je les écouterai volontiers, répondit-elle, empressée de saisir cette occasion de lui parler sans témoins. Faites éloigner tout le monde, dame Claude.

— Et nous, ajouta Henriette, en prenant la main de Marguerite, allons un peu faire connaissance avec le jardin de ma sœur.

— Madame, reprit Duhallot dès qu'ils furent seuls, la lettre dont je vous ai parlé est insignifiante, et c'est d'un sujet plus important que je vous demande la faveur de vous entretenir.... Je suis bien malheureux!

— Vous, Monsieur! répondit-elle avec un tendre intérêt.

— Vous êtes sans doute instruite, Madame, des projets de la famille de mademoiselle Duhallot?

— Je sais que des fiançailles ont

été célébrées, et que des malheurs imprévus ont suspendu le mariage que vous étiez prêts à conclure.

— Précisément. Eh bien! ce mariage est impossible.

— Impossible! répéta la comtesse très émue. Et pourquoi, Monsieur? Il me semble que l'engagement sacré que vous avez pris....

— Aussi l'obstacle ne vient-il pas de moi, interrompit-il vivement. Une démarche que mademoiselle Marguerite n'eût jamais faite par affection pour celui auquel sa destinée doit être unie, elle a osé la risquer hier, pour venir me déclarer qu'elle ne sera jamais ma femme, et pour m'annoncer sa résolution de se retirer dans un couvent.

— J'étais instruite de cette visite, répliqua la comtesse avec embarras; ma sœur l'a accompagnée : c'est une faute, Monsieur.... et j'avais dessein de vous en témoigner mon mécontentement. Mais je suis maintenant bien plus chagrine d'apprendre le motif d'une démarche.... aussi blâmable. Et quelle raison mademoiselle Marguerite vous donne-t-elle de cette rupture inexplicable, au point où vous en êtes?

—Je ne puis vous le dire, Madame, repartit Duhallot en affectant beaucoup de dépit; et permettez-moi d'ajouter que le cœur des femmes est bien plus inexplicable encore.... Au reste, puisqu'elle le désire, je lui rendrai volontiers sa parole.

— En vérité, Monsieur, dit froidement Diane, le cœur des hommes n'est pas plus facile à connaître. Tout à l'heure vous vous plaigniez à moi de votre malheur, maintenant vous paraissez satisfait de rompre. Je ne comprends pas alors l'objet d'une confidence qu'aucun motif ne commande, et que....

— Pardonnez à mon trouble, Madame ; j'ai osé me flatter que vous ne dédaigneriez pas de m'offrir quelques consolations ; vous, dont la bonté les prodigue à toutes les infortunes, n'en refuserez-vous qu'à moi seul ?

— Non sans doute, Monsieur, répondit-elle affectueusement. Mais enfin que puis-je faire ? si l'on a cessé de vous aimer, si vous-même vous n'aimez plus.... Mais, en vérité, continua-t-elle en rougissant, croyez, Monsieur, que ce genre d'entretien est déjà pour moi un effort assez pénible... Ces habits de deuil doivent vous avertir qu'il ne me convient plus de m'arrêter sur des idées, sur des sentimens qui doivent m'être, qui me sont tout-à-fait étrangers. Je ne puis retenir ici mademoiselle Duhallot contre sa volonté....

— Vous ne pouvez non plus, interrompit-il vivement, souffrir qu'elle dispose à son gré d'elle-même, sans l'aveu de sa famille qui vous l'a confiée.

— Il est vrai, répondit-elle d'un air affligé, et je vous avoue même que ce départ me contrarierait beaucoup; car je ne doute pas qu'Henriette ne voulût rentrer avec elle au couvent. Me voici maintenant dans une situation bien imprévue, bien désolante!

— Rassurez-vous, Madame, répliqua Duhallot: rien n'est encore perdu. Je serai toujours prêt à tenir mes engagemens; et si vous daignez en prendre la peine, il vous sera facile de ramener l'esprit de mademoiselle Duhallot; parlez-lui, remontrez-lui ses torts....

— Moi, Monsieur; y pensez-vous?

— Et pourquoi non, Madame? Ah! l'on m'a dit vrai, vous n'avez jamais aimé....

— Ne parlez pas ainsi, Monsieur, lui dit la comtesse d'un air suppliant, vous me forceriez à vous quitter, et vraiment je n'en ai pas le désir.

Cette menace, exprimée en termes si flatteurs pour l'amour du jeune homme, l'obligea de prendre des détours plus adroits pour atteindre le but qu'il se proposait. En ménageant avec art les scrupules de la belle veuve, il l'amena au point de s'engager à fermer les yeux sur la faute commise par les demoiselles; à refuser à Marguerite, au nom de sa famille, la permission de quitter Saint-Bris; et enfin à plaider, auprès d'elle, la cause de son fiancé. Ce dernier article du traité fut le plus difficile à obtenir, et l'on convint du moins qu'il ne serait que conditionnel, c'est-à-dire que la comtesse ne l'emploierait en faveur du fiancé, que dans le cas où Marguerite parlerait ouvertement de rompre avec lui ; mais qu'il était mieux de lui laisser le temps de revenir d'elle-même à d'autres sentimens, et d'oublier le caprice dont son esprit paraissait occupé depuis peu de jours.

Diane, en se prêtant à écouter les plaintes d'un amant, à le plaindre, à recevoir ses confidences, à former des plans de concert avec lui, croyait céder seulement, par bonté d'ame, à une tendre compassion; mais son pauvre cœur obéissait, sans le savoir, à une puissance qui le tyrannisait déjà. Elle se trouva donc engagée par surprise, mais sans défiance, dans un chemin dangereux et rapide, où chaque pas entraîne si loin, où le retour est impossible.

Elle allait quitter Duhallot, après plus d'une heure de cet entretien si doux ; il lui fit observer qu'il était indispensable de se revoir bientôt, afin de se concerter et de marcher d'accord; elle en convint, et ne put lui refuser la promesse de revenir le lendemain sur la terrasse, à la même heure.

Pour lui, son premier soin, en rentrant dans son appartement, fut de fermer soigneusement la petite porte en fer de la sarbacane, que le meunier avait laissée ouverte. Il rappela les valets qui venaient de le rapporter de la terrasse sur son fauteuil, et leur fit placer, devant la tapisserie de saint Paul, un des buffets massifs qui décoraient l'appartement. Certain de lire désormais dans le cœur de Diane, il aurait rougi d'en surprendre les secrets par un moyen que condamne la délicatesse. Le hasard seul l'avait rendu coupable d'une première faute; mais il ne se serait jamais pardonné de l'être une seconde fois par calcul, avec réflexion.

CHAPITRE IX.

L'ÉPREUVE.

Plusieurs jours s'écoulèrent de la sorte, et sans événement remarquable en apparence. Cependant Duhallot nourrissait avec adresse la confiance de Diane, qui trouvait dans leurs entretiens un charme et des jouissances dont elle ne s'était pas encore formé une idée. Il avait l'esprit cultivé, une imagination brillante; et son cœur passionné lui fournissait à chaque instant des expressions touchantes et vraies qui pénétraient celui de Diane, et le troublaient délicieusement. Emmanuel ne parlait que d'amitié, et il était si digne d'en inspirer! Pouvait-elle lui refuser ce sentiment? et, une fois accordé, à quoi bon en taire l'aveu? Ils en étaient là, et bien plus loin encore, dès la seconde soirée. Duhallot paraissait insatiable de consolations, et Diane s'en montrait prodigue.

De son côté, Marguerite soutenait son rôle d'indifférente : la comtesse, pour la laisser quelques momens seule avec son fiancé, imaginait chaque jour des petites ruses, dont elle cherchait l'approbation dans les regards de Duhallot; des signes imperceptibles, que du moins elle croyait inaperçus des demoiselles, formaient entre elle et lui une correspondance mystérieuse qui n'était pas le moindre des plaisirs nouveaux que cette liaison révélait à l'innocente recluse de Saint-Bris. Elle revenait ensuite près de lui s'informer des progrès de la réconciliation qu'elle croyait son ouvrage, et dont elle s'applaudissait d'avance.

— Ah ! lui dit un soir Duhallot, je ne puis plus me méprendre à la cause véritable du refroidissement de Marguerite, et vous ne douteriez pas que je ne l'eusse en effet découverte, si votre cœur pouvait comprendre l'amour !

Ce mot ne l'effarouchait plus : il était convenu entre eux qu'elle ignorait et ne connaîtrait jamais cette passion turbulente et dangereuse dont elle remerciait le ciel de l'avoir affranchie. Je me réjouis, répondit-elle, avec une douce gaieté, d'être si peu digne de votre belle explication ; mais enfin dites toujours : le plaisir de vous écouter me dédommagera, j'en suis certaine, du chagrin de ne pas assez vous comprendre.

— D'abord, comtesse, reprit-il, il faut que vous sachiez que l'amour ne se nourrit que d'espérance et de désirs. Dans le cœur des femmes frivoles et dénuées de sensibilité, ce qu'il espère, ce qu'il désire, ce sont des hommages, c'est le sacrifice de notre liberté. Sommes-nous à leurs pieds en esclaves soumis, elles ont obtenu tout ce qu'elles demandaient; leur amour ne veut rien au delà, il est satisfait, il expire.

—Supposons que j'entende tout cela, dit la comtesse en riant, et poursuivez.

— Eh bien! continua-t-il, l'amour de Marguerite était de cette nature légère que je viens de vous définir...

— Que dites-vous! interrompit Diane; mademoiselle Duhallot n'est rien moins que frivole, et vous êtes trop injuste aussi.

— Je ne sais; mais pourtant elle ne se montre indifférente à mon égard que depuis qu'elle me croit irrévocablement arrêté dans ses chaînes, et je suis assuré qu'en éveillant son inquiétude, je puis ranimer son amour.

— Pour le coup, je ne vous entends plus du tout.

— Rien n'est plus simple, cependant; tout le secret est de paraître l'aimer moins, et de montrer du penchant pour une autre.

— Pour une autre! répéta Diane d'un air mécontent. Songez donc, Monsieur, qu'il n'y a point d'autres personnes ici que ma sœur, et que l'idée seule de ce manége est offensante pour moi.

— Aussi cette pensée ne m'est-elle seulement pas venue à l'esprit, comtesse. Moi! risquer de troubler le repos d'une enfant capable peut-être des faiblesses de l'amour! non, vous ne l'avez pas cru; et puis, la belle finesse! comment Marguerite pourrait-elle en être la dupe? Ai-je jamais arrêté mes regards un moment sur Henriette? Est-ce auprès d'elle que les heures d'une soirée entière volent pour moi avec tant de rapidité? Est-ce Henriette qui m'écoute, qui me plaint, qui m'a permis de croire à son amitié? Non encore une fois, c'est de vous seule qu'il est question...

— De moi! et vous avez espéré...

— Je ne vous parle pas d'une épreuve à tenter, comtesse, la chose est déjà faite; et sans que nous l'ayons prévu, vous ni moi, nos entretiens ont excité la jalousie de Marguerite; je n'en puis douter.

— La jalousie! dit la comtesse en rougissant, vous m'effrayez, monsieur.

— Et pourquoi? d'où viennent ces alarmes? Pouvez-vous attacher encore tant d'importance à des expressions dont on vous a fait, de loin, un si grand épouvantail? C'est un succès que je vous annonce; nous l'avons obtenu sans calcul, et il ne nous reste qu'à nous en réjouir ensemble. L'amour de Marguerite s'éteignait par trop de sécurité, un peu d'inquiétude l'aiguillonne à présent ; la jalousie va me la rendre, voilà tout.

— Que tout ceci finisse donc bientôt, répondit la comtesse en soupirant.

Les jeunes personnes rentrèrent alors dans le bosquet ; et Marguerite, sans se douter qu'elle servait si bien le projet de son frère, se montra ce soir-là moins contrainte avec lui. Satisfaite des progrès rapides de sa convalescence, elle applaudissait contre son ordinaire aux joyeuses saillies d'Henriette, et témoignait plus de tendresse à Diane. Ce changement parut à la comtesse un argument en faveur du système de Duhallot ; elle ne fit donc plus difficulté de s'y prêter, et leurs entretiens devinrent plus fréquens et plus animés. De ce moment elle prit l'habitude de monter deux fois par jour à la terrasse, mais sans suite, et le cortège fut complétement réformé. Grâce aux conseils de Duhallot, elle avait secoué le joug que lui imposait dame Claude, sous prétexte de conserver, avec les bons vieux usages, la sainteté des mœurs de l'ancien temps.

La duègne avait ses raisons pour maintenir avec opiniâtreté ces antiques institutions comme autant de remparts élevés autour de sa jeune maîtresse, qui l'isolaient de la société nouvelle, des gens de son âge, et éloignaient ainsi l'occasion d'un second hymen dont l'effet eût été de renverser l'empire de l'intendante. Cependant, depuis quelque temps, dame Claude, vaincue par les instances de Thomas le Fauconnier, s'était enfin décidée *in peito* à rompre en sa faveur les sermens qu'elle avait faits de demeurer à jamais fidèle à la mémoire du *martyr*, et à se donner corps et biens à ce jeune ambitieux. La pensée du mariage dominait donc alors à tel point l'esprit de l'intendante, qu'elle se mêlait involontairement dans tous ses entretiens intimes avec la comtesse. Évidemment dame Claude n'avait en vue que soi-même quand elle appelait, à la moindre occasion qui s'en présentait, l'autorité des Écritures à l'appui de son opinion sur les secondes noces; mais cette inconséquence tendait à détruire en peu de jours l'ouvrage de toute une année; les mêmes mots souvent répétés faisaient naître des idées qui restaient dans la tête de la belle veuve, et tournaient, bien contre le gré de l'intendante, au profit de Duhallot.

De son côté, le jeune amant travaillait avec toute l'ardeur d'une première passion à disposer le cœur de Diane à la tendresse, dans l'espoir qu'elle ne refuserait pas de lui accorder sa main, aussitôt que des circonstances plus heureuses lui permettraient de la lui demander en se nommant. La pureté de ses vues lui semblait une excuse suffisante pour les moyens qu'une fatale nécessité le contraignait à mettre en jeu; et le succès devait le justifier bien mieux encore.

CHAPITRE X.

LA DÉCLARATION.

Tandis que les habitans de Saint-Bris, tout entiers aux sentimens qui les occupaient si vivement, perdaient de vue les querelles des huguenots et des catholiques, de la Ligue et du roi de Navarre, Péhu s'était avancé jusque sous les murs de La Rochelle. Mais il avait reçu l'ordre de rétrograder vers la Charente; d'occuper, de nettoyer d'ennemis les environs de Cognac; il reparut donc bientôt dans les campagnes voisines de Saint-Bris. Marguerite et Henriette en reçurent la nouvelle avec terreur, car Péhu passait pour l'ennemi le plus redoutable de Duhallot, auquel il n'avait témoigné jusque-là de l'affection que sous le nom de Philippe de Rieux. La frayeur les anima donc plus que jamais à supplier Emmanuel de ne pas se découvrir, jusqu'à l'époque très rapprochée où il pourrait enfin monter à cheval, et quitter ce château dont les dangers, pour lui, les épouvantaient chaque jour davantage.

Diane, au contraire, en apprenant le retour de son neveu, éprouva la joie la plus vive; elle fut de courte durée. Péhu venait, à la vérité, tous les jours au château, mais il n'y restait que peu d'instans: sombre, taciturne, il refusait obstinément de partager les repas de la famille, et cessait d'écouter Diane, dès qu'elle prononçait le nom d'Henriette, de Marguerite ou de son fiancé. Son amitié pour le blessé avait fait place à une froideur glaciale:

à peine demandait-il de ses nouvelles, et jamais il ne montait dans sa chambre. Après de courtes conférences avec la comtesse, et quelques soins donnés aux dispositions pour la défense de la place, Péhu courait se remettre à la tête de sa troupe, et battre de nouveau le pays pour y maintenir la tranquillité.

Diane fut douloureusement frappée de ce changement inexplicable, et son chagrin devint le texte habituel de ses entretiens avec Duhallot qui gagnait de moment en moment plus d'ascendant sur son ame. Déjà les idées de la jeune veuve avaient pris le cours qu'il désirait leur imprimer. Rien n'aurait eu le pouvoir d'ébranler ses principes religieux, ni d'altérer son éloignement invincible pour la foi des catholiques; mais il n'était plus question de ces préventions défavorables contre leurs personnes, dont le seul Péhu avait été jusqu'alors excepté, non plus que de craintes exagérées sur la fragilité des femmes élevées dans cette croyance. Les vertus de Marguerite, sa piété fervente, sa froide réserve avec celui qui passait pour son futur époux, tout avait contribué à détruire les injustes préjugés qu'elle devait aux inspirations de dame Claude; et la nécessité de hâter l'union des jeunes gens ne lui paraissait plus si pressante. La vieille intendante avait perdu tout son crédit, et Diane s'étonnait même d'avoir pu si long-temps écouter, comme autant d'oracles des conseils qui lui semblaient maintenant si déraisonnables.

Duhallot, touché de l'affliction de la comtesse au sujet des procédés de Péhu, et de sa froideur à l'égard d'Henriette, prit à son tour le rôle de consolateur. Elle ne se lassait pas de l'entendre, et souvent la nuit les surprenait dans le bosquet le plus épais de la terrasse, s'enivrant du plaisir de s'interroger, de se répondre, de rêver quelquefois longuement en silence à ce qu'ils venaient de se dire. Jeune, sensible, et douée par la nature des dons les plus exquis, comblée des biens de la fortune, elle murmurait cependant et se plaignait du sort; Emmanuel lui reprochait cette injustice et lui faisait avouer qu'elle accordait à trop de petites choses une grande influence sur son bonheur: C'était, ajoutait-il, faute de se proposer dans la vie un but assorti à l'élévation de sa belle destinée. Peu à peu il conduisit la charmante prude à penser que la source de ses peines était dans le vide de son cœur; de là, jusqu'à faire naître l'idée qu'un tendre et saint engagement avec un mari digne de son amour comblerait de félicité chaque instant de son existence, aujourd'hui si triste et si pesante, il ne restait qu'un pas à franchir : Duhallot en épiait l'occasion avec impatience.

Cependant trois semaines s'étaient écoulées depuis son arrivée à Saint-Bris ; il marchait déjà sans appui ; les traces de la souffrance avaient disparu de son front qui recommençait à briller des couleurs de la jeunesse et de la santé. La comtesse voulut donner un air de fête à son premier retour dans la salle d'honneur. Quoique le terme de son grand deuil fût expiré depuis plusieurs mois, elle l'avait conservé jusqu'alors dans toute sa rigueur ; elle résolut de dépouiller, à cette occasion, ses crêpes lugubres, au grand scandale de dame Claude qui, malgré ses desseins sur le fauconnier, s'obstinait à les garder depuis le 24 août 1572. L'usage ne permettait alors aux veuves aucune des couleurs brillantes dont les femmes mariées se paraient, et leur défendait les pierreries ; la comtesse se renferma donc dans le cercle tracé par ce code sévère ; mais aussi usa-t-elle de tous les droits qu'il ne lui interdisait pas.

A l'heure du dîner, elle parut vêtue d'une robe de velours noir, avec une jupe de satin blanc brodée en jais ; des perles magnifiques étaient entrelacées dans ses cheveux bruns, couverts en partie par un long voile de gaze légère, qui descendait en flottant jusqu'à ses pieds ; d'autres perles plus belles encore pendaient à ses oreilles, ornaient à triple rang et son col et ses bras. Duhallot fut ébloui de l'éclat de tant de charmes, qu'il crut voir alors pour la première fois, tant elle paraissait différente d'elle-même.

Le repas fut animé par la gaieté d'Henriette : il parut cependant bien long au jeune amant qui soupirait, avec une impatience plus vive encore qu'à l'ordinaire, après l'heure du tête-à-tête de la terrasse; mais une nouvelle surprise l'attendait à la suite du dîner. Diane, en se levant de table, s'achemina vers la cour d'honneur, et la grande porte, en s'ouvrant tout à coup devant elle, découvrit à Duhallot, au bas du perron, son cheval de bataille, abandonné par lui à Saint Bris avec tant de regrets, la nuit de son évasion avec le roi de Navarre à travers la Charente. Le noble animal frémit de joie à l'aspect de son maître, qui s'approcha de lui ému comme s'il retrouvait un ami, et le flatta de la main en lui adressant des paroles affectueuses. Pendant cette scène de reconnaissance, on avait amené trois superbes haquenées blanches; la comtesse et les demoiselles, à qui dame Claude venait d'attacher leurs masques, s'y placèrent sur des selles richement décorées et disposées en siéges commodes auxquels étaient suspendues, par des cordons de soie, des planchettes dorées pour appuyer leurs pieds.

La garnison sous les armes était rangée sur le passage de la comtesse: aussitôt qu'elle eut donné le signal du départ, les clairons sonnèrent à grand bruit, et du haut des remparts une salve de trois coups de canon avertit au loin Péhu et les habitans du domaine de la sortie de la dame de Saint-Bris. Une escorte de cavalerie l'attendait au delà des fossés et précéda sa marche; des écuyers et des piqueurs la suivaient à quelque distance, et plus près d'elle était Thomas, à la tête des fauconniers qui portaient tous sur le poing des oiseaux couverts de leurs chaperons. Duballot eut bientôt rejoint le cortége, au galop de son beau cheval dont l'ardeur trop long-temps enchaînée se signalait par des bonds et des hennissemens.

— Nous allons au-devant de mon oncle de Rabastains, lui dit la comtesse; le pays est maintenant tranquille, grâce aux soins de Péhu, qui d'ailleurs veille sur nous du haut de ces collines; et, chemin faisant, nous pouvons nous livrer au plaisir de la chasse en toute sécurité.

A ce mot, Henriette enchantée voulut que l'on commençât sur-le-champ, et entraîna Marguerite en dépit d'elle-même sur les pas des fauconniers à travers la campagne. Diane et Duhallot continuèrent à suivre la route, et s'arrêtèrent au bord d'un bois, où ils mirent pied à terre, et s'assirent à l'ombre sur un banc de mousse. Elle se démasqua, et les gens se retirèrent à quelque distance avec les chevaux. Le jeune homme, après avoir contemplé en silence la beauté de Diane, promena un moment ses regards sur le paysage ravissant qu'il avait sous les yeux : Hélas! dit-il en soupirant, il faut donc quitter tout cela! Je viens de faire un heureux essai de mes forces, je puis maintenant supporter aisément le poids des armes, et le devoir m'appelle auprès du roi de Navarre.

—Déjà! répondit la comtesse étonnée.

—Déjà, répéta-t-il d'un air accablé. Mais comment vivrai-je désormais loin d'ici? Je vais donc dire un adieu,... peut-être éternel, à ces beaux lieux, à tant de doux momens, à ces entretiens dont le souvenir ne s'effacera plus de ma mémoire; je ne vous verrai plus, je n'entendrai plus votre voix...

—Et moi! Monsieur, et moi! répliqua-t-elle toute troublée, croyez-vous que cette séparation ne va pas me laisser bien malheureuse, bien affligée? Quelle solitude désormais, quelle tristesse dans le château de Saint-Bris!

Mais vous vous abusez sur ce retour trop prompt de vos forces; non, vous n'êtes pas encore aussi bien qu'il faudrait pour supporter tant de fatigues; vous êtes pâle, Monsieur, vos yeux sont abattus. Non, non.... différez encore de quelques jours; et d'ailleurs... ce mariage...

—Il n'y faut plus penser, Diane; ce mariage ne se fera jamais...

—Jamais! Vous renoncez à mademoiselle Marguerite!

—Tout-à-fait.

—Mais,.. continua-t-elle avec embarras, vous ne l'aimez donc plus?

—Que sais-je? Tenez, Diane, reprit-il en s'animant, une dernière épreuve peut décider du destin de ma vie; tout dépend de la réponse que vous allez faire à un aveu que je vous dois.

—A moi! dit-elle en rougissant.

—A vous, Diane; vous seule au

monde pouvez fixer mon sort. Écoutez-moi : nous avions pensé que la jalousie pourrait ramener Marguerite à ses premiers sentimens, et pourtant vous avez vu sa froideur....

—Oui, je l'ai vue avec chagrin, avec étonnement : est-il donc vrai qu'elle n'ait pas d'amour pour vous? Ah! elle ne vous connaît pas, mon a.... monsieur Philippe. Mais ne l'avez-vous pas aussi trop dédaignée? A peine lui parliez-vous; comment aurait-elle eu l'occasion d'apprécier les qualités qui vous distinguent, surtout cette inépuisable indulgence que j'ai tant éprouvée? ce soin délicat de rechercher, de calmer les moindres blessures du cœur, et de convertir en jouissances toutes ses émotions? Ah! combien je la plains!... et que je me plains moi-même!

—Diane! reprit-il d'une voix animée; oui, je vous le répète, il ne tiendra qu'à vous de nous rendre tous au bonheur. Écoutez-moi : vous m'avez permis de laisser croire à Marguerite que je vous aimais, et sa tranquillité n'en a pas été altérée ; faut-il s'en étonner? Elle savait trop que jamais vous ne partageriez cet amour, et que vos mépris me puniraient de ma témérité, si j'osais vous le déclarer.... Eh bien, il s'agit aujourd'hui de couronner votre entreprise, et je vous demande un dernier effort. Ne dédaignez pas de paraître.... un moment.... un seul moment prendre pitié de ma passion pour vous; qu'elle croie que vous m'aimez aussi...

—Moi, monsieur! quelle idée! jamais, jamais!

—Eh quoi, Diane! tant d'effroi pour la simple apparence d'un sentiment, dont sans doute vous me jugez trop indigne...

—Non, non; ce n'est pas cela, Philippe, interrompit-elle vivement;

certes, je suis bien loin d'avoir cette pensée. Non, vous me jugez trop sévèrement, et vous ne vous rendez pas justice; mais écoutez la raison : vous ne l'aimez plus, dites-vous? Eh bien! cessez de vous occuper d'elle, et ne m'exposez pas...

— A quoi? quel danger craignez-vous? Ah! convenez-en, il vous serait impossible de feindre un seul instant de m'aimer.

— Mais, à quoi bon cette feinte?

Diane était agitée, des larmes brillaient dans ses yeux; Duhallot la regardait tendrement : Ne me refusez pas, Diane, lui dit-il après quelques momens; je vous le répète, il est question du destin de ma vie entière... peut-être de la vôtre... Vous voulez mon bonheur?

— Oui, sans doute, c'est mon vœu le plus cher; mais que me demandez-vous? que faut-il donc faire?

— Eh bien, donnez-moi votre main.

Elle la lui présenta, Duhallot la saisit, et la retint toute tremblante dans la sienne; puis attachant sur elle des regards où respirait la passion la plus ardente : Diane, lui dit-il avec feu, nous sommes égaux en fortune, en naissance, tous deux jeunes, et souffrez que j'ajoute avec orgueil, tous deux dignes l'un de l'autre ; la religion seule semble nous diviser, et troubler sans la rompre cette heureuse harmonie ; mais, dans le rang élevé où le sort nous a placés, mille exemples font foi que cette différence dans la manière d'adorer le même Dieu ne s'oppose pas à l'alliance des familles et ne nuit pas à la félicité des époux. Eh bien, Diane, si nul autre obstacle ne s'élevait entre nous, si j'étais libre, si je vous offrais l'hommage de mes vœux, dites-moi, les rejeteriez-vous, me permettriez-vous d'aspirer à votre main?

—Philippe, Philippe! s'écria-t-elle tout éplorée, pourquoi me parler ainsi? que voulez-vous que je vous réponde? Je ne sais pas feindre comme vous.

—Je ne feins plus, Diane, reprit-il pâle et tremblant à son tour. Je vous ai dit la vérité, et j'attends mon arrêt.....

—Tête-dieu! ma belle nièce, cria Rabastains égaré dans le taillis à deux pas de là; où donc êtes-vous, s'il vous plaît? Est-ce ainsi que vous venez au devant de moi?

Aux premiers accens de cette voix, les amans s'étaient levés rapidement, et se trouvèrent tout à coup en face de Rabastains, qui, descendu non loin de là dans le bois, s'était fait un plaisir de surprendre sa nièce. Comment donc! lui dit-il sans prendre garde à son trouble, dans quel équipage galant je vous vois là, notre belle Artémise! Cependant il y a beaucoup à dire à cette parure; vous êtes bien, très-bien, mais on ne porte plus à la cour des voiles à la lorraine; et vos manches sont trop étroites de deux palmes au moins. N'importe, vous me voyez tout réjoui de vous trouver sur ce pied-là; c'est d'un fort bon augure pour les projets dont je viens vous entretenir..... Eh! continua-t-il en reconnaissant Duhallot, je ne me trompe pas; voici monsieur de Rieux déjà sur pied! Mais comme il est encore pâle et défait! Comment! noble châtelaine, vous ne soignez pas mieux que cela les héros blessés confiés à vos soins!

Les demoiselles, accourant au galop de l'extrémité de la plaine, interrompirent la harangue de Rabastains. A la vue des piqueurs qui les suivaient et des faucons voltigeant autour de leur tête, l'attention du vieillard fut aussitôt détournée de la guerre embarrassante qu'il livrait à la pauvre Diane. La chasse au vol était le plaisir favori de Rabastains : après avoir donné rapidement le bonjour à Henriette et salué Marguerite, il se mit à rappeler les faucons; et, reconnaissant Thomas son élève, il courut à lui, ravi de joie : Te voilà, mon garçon, lui dit-il; eh bien, que rapportes-tu là?

Thomas s'avançait pour présenter à la comtesse les têtes des perdreaux que les oiseaux venaient de prendre : Arrête, lui cria-t-il, arrête, Thomas, tu n'es qu'un rustre, mon ami : donne-moi ces têtes; donne, c'est à moi, qui suis le premier ici après madame la comtesse, à lui faire l'hommage du gibier pris à la chasse qu'elle honore de sa présence. C'est ainsi qu'on en use à Saint-Germain, où j'ai eu l'honneur de suivre celle de Sa Majesté.

Rabastains remplit galamment l'office de grand fauconnier auprès de la souveraine de Saint-Bris, qui ne voyait et n'entendait encore rien de tout ce qui se passait autour d'elle. Son oncle la tira de sa rêverie en l'engageant à retourner au plus tôt au château, où il avait à lui faire d'importantes communications, et il remonta lestement à cheval. Mais ses regards charmés suivaient toujours le vol des faucons : bravo ! s'écria-t-il ; Thomas, quel est ce bel oiseau qui *chevauche* si ferme contre le vent? n'est-ce pas mon tiercelet *hagard ?* montre-lui le leurre, Thomas, mon ami, et rappelle-le, je te prie. Je veux *jeter* l'oiseau une fois ou deux avant de rentrer à Saint-Bris.

L'ordre fut aussitôt exécuté. Au premier cri, le tiercelet fondit, en agitant ses sonnettes, sur le poing que lui présentait un des valets qui le coiffa d'un chaperon, et le porta ainsi à Rabastains.

— Ote-toi, vilain, lui dit-il; et toi, Thomas, prends l'oiseau de sa main, et viens le placer sur la mienne; je ne dois avoir affaire qu'à toi qui es le chef; comme on fait à la cour. Ah! ma nièce, continua-t-il en se retournant vers Diane avec ravissement, tête-dieu! la noble cour que celle de notre grand roi de France, et que vous serez contente de m'entendre discourir ce soir sur toutes les belles choses que j'y ai admirées! Nous aurons bien des réformes à faire, et bien des nouveautés à établir pour tout accommoder à Saint-Bris sur le bon pied; mais laissez faire à moi! Ah! que vous allez m'envier la gloire d'avoir vu tant de grandeurs et de magnificences!

En achevant cette exclamation, Rabastains, son faucon sur le poing, excitant les chiens à bien faire, partit au petit trot, avec Thomas et les piqueurs. Henriette mourait d'envie de courir après lui, mais Diane la retint; et, montée sur sa haquenée, cheminant en silence entre les deux demoiselles, et les regards attachés à la terre, elle regagna lentement le château. Duhallot, resté immobile à la place qu'elle venait de quitter, la suivit quelque temps des yeux en soupirant; puis, prenant un détour, il s'élança de toute la rapidité de son beau cheval, et rentra dans Saint-Bris avant elle.

FIN DU TOME SECOND.

NOTES

DU SECOND VOLUME.

NOTE (*a*), page 17.

Mayenne et Sacremore, masqués l'un et l'autre, étaient au nombre de ceux qui assassinèrent Saint-Mesgrin. Le duc de Nevers dit, dans ses Mémoires, que les premiers coups furent portés par le capitaine Joannes, lieutenant de Sacremore. L'auteur des Remarques sur la Satire Ménippée confirme ce rapport, tome II, page 374; et voici le récit de l'événement par Pierre L'Étoile, autre contemporain. « Le lundi 21 juillet 1585, Saint-Mesgrin, gentilhome bourdelois, riche et de bonne part, l'un des mignons fraisés du roi, sortant à onze heures du soir du Louvre vers la rue Saint-Honoré, fut chargé de coups d'épée et de pistolets par vingt ou trente hommes qui le laissèrent pour mort sur le pavé, comme aussi mourut-il le jour suivant, et fut merveilles comme il put tant vivre, étant atteint de trente-quatre ou trente-cinq coups mortels. De cet assassinat n'en fut fait aucune poursuite, Sa Majesté étant bien avertie que le duc de Guise l'avoit fait faire, pour le bruit qu'avoit ce mignon d'entretenir sa femme, et que celui qui avoit fait le coup portoit la barbe et la contenance du duc de Mayenne son frère. »

Note (*b*), page 45.

Palma Cayet, dans sa chronique novennaire, raconte ainsi l'aventure qui fait le fond du premier volume de cet ouvrage. « Monsieur de Mayenne ad-« verty que le roy de Navarre devoit passer par là, « il envoya de bonnes troupes en embusches, et « luy s'en vint avec toute son armée vers l'en-« droit par où il estoit asseuré qu'il devoit pas-« ser. Le duc ayant eu advis que le roy de Navarre « étoit arrivé sur le soir au château, résolu d'y « souper et d'y coucher, il dépescha incontinent au « roy Henri III, et luy manda qu'il lui rendroit « bon compte du roi de Navarre et qu'il ne luy pou-« voit échapper; mais Dieu qui estoit sa garde en « disposa autrement. Le roy de Navarre ayant soupé « se couche, s'endort. Sur la minuit, avis vient du « danger où il estoit au sieur Lacombe, qui estoit « un sien gentilhomme servant, lequel incontinent « l'éveilla avec importunité, le fit lever, et passèrent « la rivière dans un bateau qu'ils enfoncèrent après « avoir passé; et poursuivant leur chemin, *comme* « *gentilshommes de l'armée de Mayenne,* allèrent « droit passer par le quartier des troupes du vi-« comte d'Aubeterre, etc., etc. »

Du reste le *touret-de-nez* du seigneur de Rabastains n'est point une fiction bizarre enfantée par l'imagination du romancier. On sait que le fameux Montluc, si connu par ses barbaries pendant ces guerres de religion, portait ainsi un demi-masque à l'usage des demoiselles, pour couvrir une blessure qu'il avait reçue au visage. Brantôme fait un récit fort plaisant de quelques aventures relatives à ce *touret-de-nez* de Montluc, tome 7, dans sa *Digression sur monsieur des Adrêts*, page 286 et suivantes. D'après une autre histoire du même auteur, page 138 du tome VI, dans la vie de M. d'Imbercourt, il paraît que les tourets-de-nez déguisaient complètement la figure, quoiqu'ils n'en couvrissent qu'une partie. Brantôme raconte que sous Henri II, époque où ce genre de masque était fort à la mode, Madame de Guise, allant sur sa haquenée de Paris à Saint-Germain, fut accostée par un jeune gentilhomme attaché au service de sa maison et qui revenait de la guerre. Ne reconnaissant nullement la duchesse à cause de son *touret-de-nez*, et parce qu'elle était accompagnée de domestiques nouveaux et sans livrée, le jeune homme osa lui faire la cour et prit même de grandes libertés tout le long du chemin. « Elle lui laissoit faire « à demi ce qu'il vouloit, continue Brantôme, mais « avec toute modestie, et l'écoutoit parler, car il di- « soit très bien d'amour; non sans rire toutefois « sous son touret-de-nez, car, de ce temps, les mas- « ques n'étoient encore d'usage pour cheval. Enfin « étant arrivée à Saint-Germain, aussitôt la dame, « abaissant son touret-de-nez, dit au gentilhomme : « *mon gentilhomme, je vous remercie de votre compa-* « *gnie*.

« Le gentilhomme fut si étonné de voir cette « dame, qu'il ne pensoit pas être celle-là, que sou- « dain, sans dire mot, il tourna bride et s'enfuit « au galop. »

Il n'est donc pas étonnant que cette ruse ait réussi au page, que d'ailleurs l'obscurité favorisait. Il faut encore ajouter que Henri IV s'est plus d'une fois servi de moyens analogues à celui-là; témoin la journée des Farines, où ses principaux officiers étaient déguisés en paysans et en meuniers.

Note (*c*), page 117.

Il paraît, d'après les récits contemporains, que ce moyen perfide était fort en usage alors. On connaît l'aventure de la sarbacane du jeune Saint-Luc, un des mignons de Henri III, et que rapporte Anquetil, tome II, page 230 de l'*Esprit de la Ligue*. — Brantôme en cite une autre dans la vie de Catherine de Médicis. Cette princesse, inquiète des réunions qui se faisaient dans la chambre du roi de Navarre, « et n'en pouvant tirer à vrai le fond du « pot, comme l'on dit, elle s'advisa un jour, ainsi « que le conseil secret s'y tenoit, d'aller en la cham-« bre d'en haut dessus la sienne, et là, par le moyen « d'une sarbacane qu'elle avait fait couler le long « de la tapisserie, sans être aperçue, ouït tous leurs « propos. Entre autres, elle en ouït un qui lui fut « très terrible et amer, et qui opina qu'il falloit « jeter la reine-mère avec un sac dans l'eau, et « qu'autrement ils ne pourroient rien besogner en « leur affaire. »

FIN DES NOTES DU SECOND VOLUME.

BIBLIOTHÈQUE ROYALE

TABLE

DES CHAPITRES

CONTENUS DANS LE TOME SECOND.

FIN DE LA TABLE DU TOME SECOND.

OUVRAGES DE FONDS.

LES JÉSUITES MODERNES, par M. l'abbé Martial Marcet de La Roche-Arnaud, 1 vol. in-8°. Prix : 4 fr. 50 c.

ATLAS UNIVERSEL, indiquant les *établissemens des Jésuites*, avec la manière dont ils divisent la terre, suivis des *événemens remarquables de leur histoire*; 46 cartes coloriées. Prix : 4 fr.

LA SAINTE-ALLIANCE, LES ANGLAIS ET LES JÉSUITES, par M. Grassi, auteur de la *Charte turque*; 1 vol. in-8°. Prix : 7 fr.

LES JESUITES, ou les autres Tartufes, comédie en cinq actes, par M. Gosse; 2e édition. Prix : 4 fr. 50 c.

RESUME DE LA DOCTRINE DES JESUITES, ou Extraits des assertions dangereuses et pernicieuses soutenues par les Jésuites dans leurs ouvrages dogmatiques, in-18. Pr. : 3 f.

RESUME DE L'HISTOIRE DES JESUITES, depuis l'origine jusqu'à la destruction de leur société; suivi de Considérations sur les causes de leur élévation et de leur chute, et d'un examen critique de leurs constitutions; par Ch. Laumier; 1 vol. in-18. Prix : 3 fr. 50 c.

MEMOIRE A CONSULTER *sur un système politique et religieux, tendant à renverser la Religion et le Trône*, par M. le comte de Montlosier; 1 vol. in-8°. Prix : 6 fr.

Le même, in-18. Prix : 3 fr. 50 c.

DENONCIATION AUX COURS ROYALES, relativement au système religieux et politique signalé dans le Mémoire à consulter, précédée de nouvelles Observations sur ce système, et sur les apologies qu'on en a récemment publiées, par M. le comte de Montlosier; 1 vol. in-8°. Prix : 7 fr. 50 c.

PETITION A LA CHAMBRE DES PAIRS, précédée de quelques observations sur les calamités objet de la pétition, par M. le comte de Montlosier; in-8°. Prix : 3 fr. 50 c.

NOUVEAUX ESSAIS POETIQUES, par Mlle Delphine Gay; 1 v. in-18, grand-raisin. Prix : 4 fr.

HISTOIRE DE DON JUAN D'AUTRICHE, par M. Alexis Dumesnil; 1 vol. in-8°, 2e édition. Prix : 4 fr.

COMMENTAIRES POLITIQUES ET HISTORIQUES SUR LE TRAITÉ DU PRINCE, DE MACHIAVEL, ET SUR L'ANTI-MACHIAVEL, par M. le marquis de Bouillé, lieutenant-général; 1 vol. in-8°. Prix : 5 fr. 50 c.

OEUVRES CHOISIES ET INEDITES D'EVARISTE PARNY, publiées sur les manuscrits autographes de l'auteur; 3 vol. in-18, grand raisin, ornés d'un portrait et de deux vignettes d'après Isabey et Devéria, augmentées d'une Notice par M. Tissot, et du Discours de réception, à l'Académie, de M. Jouy, successeur de Parny. Prix : 16 fr.

RESUME GEOGRAPHIQUE DE LA PENINSULE IBERIQUE, contenant les royaumes de *Portugal* et d'*Espagne*, par M. le colonel Bory de Saint-Vincent, correspondant de l'Institut, anciennement attaché au dépôt de la guerre; 1 vol. in-18, de 600 pages, orné d'une carte coloriée dressée par l'auteur; 2e édition. Prix : 5 fr.

RESUME GEOGRAPHIQUE DE LA GRÈCE, contenant la Turquie d'Europe et l'Archipel; 1 vol. in-18, orné d'une carte coloriée. Prix : 5 fr.

Sous Presse,

POUR PARAITRE

LE 1er AVRIL

CHRONIQUES DE FRANCE, poëmes, par madame Amable Tastu; 1 vol. in-8°, grand papier vélin. (*Premier recueil.*)

IMPRIMERIE ET FONDERIE DE J. PINARD, RUE D'ANJOU-DAUPHINE, N° 8.

www.ingramcontent.com/pod-product-compliance
Lightning Source LLC
LaVergne TN
LVHW010558110826
845149LV00003B/698

* 9 7 8 2 0 1 3 5 3 5 5 9 5 *